始于一句，抵达万句。

谭五昌 主编

吴光琛 邓涛 刘建华 副主编

新江西诗派书系

路脸

大枪 著

江西高校出版社
JIANGXI UNIVERSITIES AND COLLEGES PRESS

图书在版编目（CIP）数据

路脸 / 大枪著. -- 南昌：江西高校出版社，2024.1
（新江西诗派书系 / 谭五昌主编）
ISBN 978-7-5762-4233-1

Ⅰ.①路… Ⅱ.①大… Ⅲ.①诗集—中国—当代
Ⅳ.① I227

中国国家版本馆 CIP 数据核字（2023）第 179786 号

出 版 发 行　江西高校出版社
社　　　　址　江西省南昌市洪都北大道 96 号
总编室电话　（0791）88504319
销 售 电 话　（0791）88517295
网　　　　址　www.juacp.com
印　　　　刷　浙江海虹彩色印务有限公司
经　　　　销　全国新华书店
开　　　　本　889 mm×1194 mm　1/32
印　　　　张　7
字　　　　数　150 千字
版　　　　次　2024 年 1 月第 1 版
印　　　　次　2024 年 1 月第 1 次印刷
书　　　　号　ISBN 978-7-5762-4233-1
定　　　　价　56.00 元

赣版权登字-07-2023-719

新江西诗派书系

总序

2002年4月，时在北京大学攻读文学博士的我在江西赣州举行的谷雨诗会上，以一位青年评论家的敏锐与热情，在发言中大胆倡议创立新江西诗派，以合理继承江西诗派的衣钵，全面整合新世纪（21世纪）江西诗歌（新诗）创作资源，大力推动江西诗歌（新诗）的发展。未曾想到，我创立新江西诗派的倡议在与会的数十位江西籍诗人与评论家当中获得了热烈的响应与一致的支持。就在当年的10月份，由我主编的《新江西诗派》创刊号以民刊的形式问世，一下子推出了四五十位新江西诗派成员的作品，人气之旺盛，令我深受鼓舞，随后得到了诗坛许多有识之士的热情肯定与大力支持。更让人欣喜的是，"新江西诗派"作为一个诗歌流派概念很快被正式收录进百度词条当中。2012年，我联合一些江西籍知名诗人，编选了《21世纪江西诗歌精选》一书，意图总结新江西诗派成立十年来江西籍诗人们（以新江西诗派成员为主体）的创作成绩。该诗歌选本在江西诗歌界产生了广泛而深远的影响,由此凸显了新江西诗派成员们令人瞩目的创作实力。2022年年初,时值新江西诗派创立20周年之际,我萌生了编选"新江西诗派书系"的想法,意在对新江西诗派重要成员的诗歌创作成果,进行集中性的展示,以充分呈现江西作为一个诗歌大省在当下中国诗坛的地域性特色与独特的思想艺术风貌。我的想法很快得到了江西高校出版社的肯定与认可,于是我在2022年上半年便开始着手"新江西诗派书系"(第一辑十卷本)的组稿与编选工作。

这套"新江西诗派书系"(第一辑十卷本)集中推出刘立云、程维、雁西、吴光琛、大枪、邓涛、胡刚毅、王彦山、舒喆、谭五昌等十位新江西诗派代表性诗人的个人诗集。在较大程度上,这十位诗人的诗集呈现出了新江西诗派诗歌创作的群体风格、个性特色与美学格局。由于这套"新江西诗派书系"(第一辑十卷本)着力凸显流派风格与地域特色,可以预见,这套诗歌书系的编选与出版,将充分彰显其独特的审美艺术价值与可能的文学史(诗歌史)价值,从而获得当下中国诗歌批评界与研究界的应有关注与重视。

是为序言。

谭五昌

2022年10月22日深夜写于北京京师园

2023年6月13日改定于北师大珠海校区

目录

做一匹好马——致父亲　001

木槿花　002

纸伞飞过窗口　004

画海的孩子　006

麋鹿的眼睛　008

讲述麦穗　010

稻草堆　011

蒋胜之死　013

鱼冢　018

弃子　020

十四行诗　022

我的1980年代的春天　023

春天和酒杯　025

一只13点15分的蚂蚁　026

马甲　028

看到满头白发我会心生恐惧　030

绮园樟树　032

用文字唤醒大辛庄的乌龟们　033

老房子，新房子　036

奈曼柳林　039

在结婚日分开一些词　041

钓鱼者说　043

我为一顿肉记住了父亲　045

海盐的盐　047

诗人的爱情　049

在黑暗中写生　050

蛇是可以信赖的　051

东人民路大街十字路口　053

回忆让我把夏天定义为一只蝴蝶鞋　055

萧红纪念馆　057

博鳌　058

黄龙无缝塔　060

樱花谷和白塔　061

夏至，热度，以及其他　062

叶家桥　064

断章，写在卧夫追悼会现场　065

初恋的祭词　068

杨家弄 84 号——致余华　070

上梁山　071

牧羊人的早晨　072

打工时代的爱情　073

威海孔庙　　075

院子　　077

站在城市的一条河边　　078

围绕陶潜建一个理想国　　080

黑骏马　　082

折射光　　084

狗尾巴草　　085

删掉非同类的部分　　087

刘公岛老洋房　　089

蒙顶山旋律　　090

兴隆太阳河　　091

钉在墙上的镜框　　093

头发祭　　095

五四广场　　096

母亲的羊群　　097

睡莲　　099

窗户上的鸽子　　101

我和橡木塞的战争　　102

红苋菜　　103

翅碱蓬　　104

石拱桥　　105

父亲的李子树　　106

消失的发廊　107

老照片　109

子母印　110

母亲的白桦林　111

昨天是冬至日　112

石砚　113

杏子树　115

第一次写一棵银杏树　116

光辉中的枣树　118

景庄黑松　119

法国梧桐　120

牵牛花　122

秋天的一天　124

一把椅子　126

十二月　128

致麻雀——兼致杨红南　130

加油站　132

大城市　134

记一条花黑狗　135

来自蚂蚁的神谕　137

给我的蜜蜂朋友　139

一口老井　141

一只苹果　　143

石榴树　　145

玫瑰刺　　146

喜鹊之死　　147

老槐树　　148

河　　149

云彩站在高处　　151

三叶草　　152

罗布麻　　153

石棺　　154

飞来的种子　　155

水库　　156

除虫菊　　157

老城墙　　159

进终南山　　161

芦苇　　163

红花刺槐　　164

东方白鹳　　166

北方的大蒜　　168

渡船　　169

荷塘　　171

红柳　　173

早上的松林 175

雨还在下 177

父亲门 179

百叶女孩 181

深夜的街道 183

观众您好 185

想念父亲 187

屋檐下的燕子 189

青石桥 191

做一个厨师的理想 193

水田和麻雀 195

四只白鹭 196

景庄青苔 197

想象冬天来了 198

葵花帖 199

周日笔记 201

一天 203

后记 205

做一匹好马

—— 致父亲

珍惜粮食的父亲选择了一棵苍老的柏树
他把自己停下来，让我接下咀嚼的
权利，让我选择做一匹好马。我会在
向阳的坡地上吃草，蛇是喜欢阴森的动物
要学会向土地索要安全的叶子，给它们
安上情同宗族的名字：牛鞭草，猫尾草
羊草，狗尾巴草……它们对培养一具绿色的肺
卓有贡献。不要摇落草籽上的太阳，在农村
"嚼烂草籽是要被诅咒的"，"也不要像一个
哲学家那样打响鼻"，父亲教过的这些字
我至今还在运用，要把重读父亲缝进日后的
奔跑手册里，毕竟城市不像农村一样开阔
我已经从农村跑进城市多年，要让马鬃
和气象台的风向保持一致，尽量减少
水泥路面对马蹄的戒备，这些丛林法则
要像父亲的黑白照那样清晰，不然他没有理由
原谅我，我的名下生活着三只小马驹
我要向他保证做一匹好马，保证自己的生活
是一部喜剧，再也没有比这更适合取信的誓词

木槿花

它用四个月宣布美好和热烈（7—10月）

宣布我和弟弟的天使季节的到来

在灰色乡村生长的它是那么显而易见

那时弟弟是个文盲，我差不多也是

我们无法用某株俗气的农作物来比喻

直到多年后看《罗马假日》中的奥黛丽·赫本

还好它不是赫本，只是一丛顶着花苞的灌木

是我们嘴唇亲近过的最为精致的食物

我们开心地吃着这些粉色的红色的

紫色的艺术，听着它们在胃里发出课间钟

一样的清脆，母亲让父亲也跟着吃

大人们的竹床半年都没有形迹可疑的响动

父亲总是咯鲜红的血块，他需要为一副

亢奋的肺补充花瓣，也许方案来得有些晚

母亲只能在一座经幡飘动的新居为父亲

种上一丛，好在来年七月就能花团锦簇

而它只能接受一次拯救人类的沮丧，这样的

叙述会因年久而模糊，为了让自己从故事中

走出来，每年暑假我都会带着孩子回老家

把摘取的花瓣夹在诗页中，做守望原乡的标本

纸伞飞过窗口

我愿意这是一把民国的油纸伞，我刚从一本
民国版的故书里抬起头，一场 1917 年的
雨正在伞上运动，我不知道这把伞要去到
什么地方，或者有一个什么样的人等待在
幽深的巷口，这样的讲述和伞上的
雨水一样富有文艺气息，一圈新鲜的
薄雾扮相清雅地在向前移动，我已经多久
没有过这样的遭遇，这比成为一名诗人
还要沮丧，在它庇护下的主人会涂着哪种
风格的口红，穿着哪款令视线弯曲的连衣裙
精致的发夹出现在哪一部偶像剧的配饰里
我无法错过这些想象，超过 100 米我的眼睛会
徒有其表，会让每一个熟悉的人还原到
相识之初，好在雨打纸伞的声音能够奖赏
我的感知能力，奖赏我的一生都在为女人歌唱
我继续讲述是为了听清风雨在伞上和伞下
标注的不同韵脚，多年前一双粉色的凉鞋

把我留在这样的声音里，那时我们身后集结着

一望无际的水田，村庄，和山峦，身前也是

只有羞涩的学生才敢把伞下的方寸之地

定义为两个人的帝国，此时窗外淅沥的天空

正在给出相同的语境，虽然没有任何事情发生

画海的孩子

如果你是山里的孩子，我建议你画傍晚的

大海，这样你就能避开很多赶海的人

他们是海的主人，第一桶鱼和第一桶霞光都是

他们的。你不能在潮水整理得焕然一新的

沙滩上留下第一排脚印，那是用来迎接披着

婚纱的女孩们，毕竟只有圣洁和蔚蓝

能够象征对贞操的信仰，婚后的生活需要

这样的画面。而在海浪最为温暖的中午

你也不能同老人争抢倾听的位置，他们已经

被生活搁浅太多，同时你需要明白

这片前所未见的广袤水面和你有多么陌生

你得先从地图上找到它，然后怀揣三张车票

才能在海鸥低旋的黄昏找到这里，你惊讶于

第一次看到海平线，在你的家乡，连地平线

都是被林立的山峰分割成尖刻的锯齿状的

其实很久以前你就把眼中的色彩体认为这样的蓝

你是多想像调教家鸽一样调教一片大海

现在，当渔轮驶进了码头，当你支起画架

太阳就沉了下去，海天已经让黑暗接管，不过

仍然有很多事物，值得在你瘦小的画布上留下光影

麂鹿的眼睛

他们在同一个地方吸氧，在同一条河流饮水

看树叶制作不同季节的阳光卡

他们不需要耕种就能获得慷慨的粮食

他在山下喊一声，满山坡的色彩就会成熟

它在山上摇动果树，山下的果子就会落下来

他会把果子当成滚落凡尘的月亮

这样的月亮是没有背面的，他诅咒那些

陨石坑一样暴力的陷阱，并不希望听到

世上除了爱情之外的呻吟，它试图回报

这种来自异族的"赐福"，只是无法赋形为人

它在每一个节气相交的日子送上清丽的歌声

提醒他适应人间魔法般难以预测的寒暑

他们很少在同一个时间相遇，但是总会

有一些脚印在林间重叠，后到的那位总会

亲吻上面存留的气息，并在心里把彼此

当成生命终场前的爱人。他一直祈求

它像一股完整的夏风一样奔跑，那是一项

让所有凡人心跳的极速运动，直到一粒

子弹让它停下来，他的不可一世的猎人邻居

用绳网炫耀战利品，数十个网孔分割着

它的眼睛里悸人之美，——接下来是无法解释

的告别，他记不住任何事情，除了从上一

也是最后一秒的对视中，听到魔术师的叫喊

讲述麦穗

当年我还单纯得像一个文盲时，我就为想到
"像一串麦穗的寡妇"这样的比喻而高兴
如果总能有这样天才的想象，我将成为
一个诗人。即使忘却整个北方的麦田
我也能清晰地记住一个女人头顶上
两束麦穗一样生动的辫子，它们飘到哪里
我的眼神就会生长到哪里，现在回想起来
只有它们配得上带走有关我的山村纪事
她把麦花送给我滋养诗歌，把麦芒送给
野蛮的好色者，这让我为安全和快乐
寻找到了出口，我安守于和她的世界
那时她年轻，如同麦穗的黄金年龄，因为我
她从失去配偶的忧郁中重新拥有了八月的光泽
那是一个幽默的男人，有着麦秆一样
直挺的鼻子，或许我具备其中二分之一的质地
接下来我们共同生活了十年，麦穗为我
奠定了十年的腹稿。直到我离开南方
离开她，就再也没有写过这么好的诗歌开端
这是我想象力的完结。那个寡妇是我的母亲

稻草堆

它是一座教堂，是教堂的心脏——高高耸起的
尖塔，它在广阔的田野上主持唱诗，这表明
季节已经进入冬天，远山的树木在磷火的
挑逗下，像痴情的少女一样一点就燃
在它的身边冻结着各种秋收过后的账单
像它自己，一座空虚且巨大的稻草堆
自从十月的某一天它就躺在这里
很多人过来为它举行入殓仪式，那是一次
体面的终结之旅，它悉数散尽太阳在身上
兑付了数十天之久的金粒。从一段铁轨
嵌入到另一段铁轨。它还是习惯于刚刚擦窗
而过的风景，那时它还以复数形式存在于
这片南方的水田中，像一群崇尚站立呼吸的
新青年，阳光是天空向它们准点推送的补给
潜伏在体内的激素得到诚意十足的开发
从起始的鲜绿到后来的金黄，所有路过的
母亲都怀揣过这样的意象，她们的丈夫会过来

摸一摸这片沉甸甸的酒杯，直到它们接受

镰刀上的月光，被雕塑成眼前的干草堆

接下来通常会有些小困难，在寒风中缄默

不确定的睡眠，焚烧，挫骨扬灰，好在还

会在春天的土地上缔结婚约，像它逝去的爱情

蒋胜之死

告诉你，蒋胜，上帝从来没有赋予你过人之处
出生，成长，娶妻生子，一切都那么不动声色
就像提前拟好的剧目，完整得让人心痛，直到今天
你死得有些提前，女人脸上的霜猝不及防地晕开
一群水墨画在剧目里成群结队地行走，大幕升起
百鸟调试好背景音乐，死道不孤，经幡猎猎
你删掉舌头上入世多年的台词，开始涉足新途

一切源于宿命，哀乐声在老屋颓旧的床上分娩
这最后一声啼哭，沿着爬满墙根的童年溜了出去
并在每一个脚印内续上尿液，以此来标注过往
最后又回到床上来，这就是人生，一个圆
符合当下通俗写作规律，滥情，拖沓，饶舌
千剧一剧，你也得循章办事，·活着的人里
谁都无法提供规避死亡的经验，人人都是胆怯的新生

你曾经放荡地把一位流行歌后摁在八十年代的墙上

仿佛魔怔于舌头的功能，你把每一句歌词抻长

下一个音符总是在上一个音符余音消失之后响起

你梦中抢过绣球，赤手猎虎，马踏京城

你把梦做得风生水起，可惜尘世网幛深厚

母逝妻离，弱子缠疴，黑暗在污渍的窗棂上散养狼蛛

打劫穿窗而过的月亮与五谷之香，这都是人世的劫数

众梦从月光树上齐齐跌落，世界止于你的鼻息

神说，天空有多么灰，你的日子就有多么灰

其实，一个时期你曾经君临天下，你的青春

让所有的庄稼开始怀孕，它们产下稗子

在南方，苹果树开满纸花，花瓣入土即遁

布谷鸟收起翅膀，在春天就已经鸣金收兵

日子由此老去，你开始忘情于盲人卦师的江湖

你把爻象反复拆解，像拆解儿时的翻绳游戏

整个过程尤为诡异，绳结们环环相扣

直取手指的咽喉，除了承受，你无法从中全身而退

游戏令人失望，黄土堵塞了所有咽喉的出口

蒋胜，你对旧秩序是抱有十分的留恋和敬意的

俚语，长发，失眠的夜灯，扬手飞出的水漂

都会唤醒你合上的双眼和身枷桎梏的灵魂

你把自己种植在 8 月的土壤里，那些破土而出的

山歌，小河，砍去头颅的稻茬，寡妇的花园

都是你的国语、项饰、战利品和规划幸福的版图

你渴望像一个土司一样封建且流氓地占领它们

每天在旺盛的土地上统领朝昏，放牧影子

对影子而言，热爱她是万物的恩幸，你也不例外

你从来没有今天这么恐惧，你想永久捉住她的脚踝

让她在你的桃花潭游泳，你狂执地想把她捉住

你从小喜欢下潭捉鱼，一个影子就是一条鱼

鱼的鳞片上贴有桃花，暧昧如旧时候的戏折子

生旦净丑，西皮二黄，每一场都是爱恨情仇

你从中能触摸到鱼鳞和桃花的质感，滑如青瓷

但就是无法捉住其一，潭里的黑暗涉世很深

鱼在黑暗里没有光，鱼鳞和桃花也没有光

它们的质感被黑暗吃掉了，这不是你的过错

在尘世，万物都是被黑暗分解和消化掉的

顿悟这一点真是不易，它减轻了你的不平和自卑

虽说布衣不同帝王，南方之橘不同北方之枳

但人终究是要作古的，你把作古写在石碑之上

从此挂出代表人世的印绶，不坐尘船，不问津渡

你开始领略到一个新视界的迷人与富足

比如一只蜻蜓落在水边的芦苇上，变成两只

它们勾尾相视，月亮带着诗集寻找朦胧与爱情

在众灯熄灭之后，从一个窗棂飞行到另一个窗棂

这些都是小隐者的生活，夜莺歌唱，万物喘息

地上地下，万象所及，到处都是旁观者的风景

你从此专注于荒林山野，把空间和欲望留给人世

人世虽然文风鼎盛，却没有一行文字留给你

甚至小镇的爆竹，也只是为你作礼节性的颂辞

这就是人世对你的定性，人情轻薄，重不过纸

好在亲友们总是终审的负责者，他们按照风俗发送你

并且体面地装裱你的灵魂，让你在镜框里做最后的陈述

家人会定期洒扫的新居，朋友会偶尔造访你的老屋

而你坐在镜框里幸福，笑不出框，这种情形会持续很久

直到你跻身世祖之列，这足以告慰你忧郁而年轻的死亡

蒋胜，据说那里是上帝执政的国度，你应该适应新的属性

你素未经历过的正在发生，素未看到过的都是新鲜的

你应该学会藏起惊讶的眼神，那里没有疼痛和杀戮

没有雾霾和欺骗，百兽们头戴佛光，众花盛开于野

熏风得意，万物朝阳，冬天里的每一块草地都是春天的

在那里，连乌鸦的喉咙都不设禁区，到处是感官的盛宴

你还将自动位列于星星的朝班，这个潜伏多年的夙愿

终于在彩云之上开花结果，从此，在若干个黑暗之夜

你虔诚而友好地看着我们，看着人世，无端发笑

鱼冢

我在观察一个孩子，其实，我先是在观察

一盆活着的鱼，观察杀鱼人，给每一条鱼

读宣判词，这是杀鱼人的法律，但并不影响

鱼的结局，每宣判一条，孩子就数一声

他的声音很稚嫩，像教堂里含混不清的祷告

1，2，3……44，45……我在想，他可能把每个数字

都当作鱼的名字，生怕数错一条，就会漏掉

鱼的一生，有时觉得拿不准了，还会重新数一次

后来，盆里剩下最后一条，它死于宣判前，很小

比我把任何形容词扔给它，都要小，连杀鱼人

都懒于给它履行程序，直接把它扔给了孩子

看到这里，我已经对鱼和孩子有了兴趣

我跟在孩子后面，看到他找来一个火柴盒

把鱼请了进去，他还试着把它的眼睛合上

不过没有成功，我心里在笑：又不是人的眼睛

孩子终于放弃了努力，他在一小块空地上

蹲了下来，开始慢慢地往火柴盒上堆土

土丘并没有堆多高，明显低于孩子的期望值

这时，远处有人喊他回家，太阳也快要下山了

不过仍然能给小土丘，标注一个身影，这身影

比我把任何形容词扔给它，都要小，但还是能

赶在天黑之前，最后一次显示它，高于地面

弃子[1]

记不清这个城市有多少个路口，路口

有多少盏红绿灯，红绿灯有多少个隐喻

能让我和我的狗停顿下来，在城市

停顿是一个令人轻蔑到无视的词

即使一只狗，也应该始终忙碌着

用它的鼻子，以便随时跟进这个欲望之城的

气息，街边的灯箱闪烁着一张张媒婆脸

不厌其烦地对某一保健品做着诱向极强的介绍

工厂的烟囱一刻不停地教会孩子们抽烟

每一家酒店门口，总有好几个女人的小腿

从裙子下面走出来；商场是一个没有信仰的

醉汉，醉到敢把一切吃进去，又把一切

吐出来；永远打着电话的业务员比三阿婆

还健谈，根本不怕话多惹麻烦，也让更多人

不得不学会甄别来电的新熟，一城市的

---

[1] 弃子：象棋术语，对局中，舍弃某一子，称为"弃子"。

人都在忙碌，一城市的陀螺都在旋转

只有我和狗被红绿灯冻结，像冻结美元符号"$"

这符合我和美元的交情，也符合我和狗的形象

"S"是爬着的狗，"丨"是直立行走的我

有时会彼此代换，审时度位，像这个大时代的行情

像我们的即时位置，前方是人民路西段

后方是光明路东段，左方是解放路南段

右方是新华路北段，这些方向美好得让我

迷失方向，但狗不会，绿灯一亮，它仍会带着我

往城市角落某个棋摊赶，尽职得像押送我

奔赴另一个战场的解差，一群人已经

围在那里，都在听一副中国象棋发号施令

纸上谈兵真是一个好成语，会让好些闲着的人

安静下来，从容地扮演那些招式美丽的弃子

十四行诗

更多的飞鸟希望被关进笼子，停飞是代价最低的损失

更多的树木希望被采伐，谁甘愿长期罚站于山野

更多的天空希望阴云密布，晴朗从来位高和寡

更多的石头希望收起棱角，牙齿总是脱落最早的体器

更多的庙宇希望云游，这样就用不着为花酒和尚担责

更多的婚礼希望失贞，母亲告诉孩子早经历早成熟

更多的星期天希望嫁给工作，出轨通常盯上消闲的后花园

更多的桥梁希望断裂，便捷的交通将孕育最小年龄的私奔

更多的土地希望变成沙漠，裸露身体是一种光合潮流

更多的花朵希望失色，黑白灰符合塑造物体的美学基调

更多的空气希望陈旧混蒙，新鲜会让失眠缴获更多长夜

更多的鱼钩希望锈迹斑斑，锋利是一个消解宗教的词

更多的鱼希望用两个美丽的理由恳求把它们钓出水面

一是让鳞片遵守阳光下的公约，二是咀嚼这饱满的人间

我的 1980 年代的春天

在我稚嫩，无趣的 1980 年代

老师让我用花朵歌颂春天

歌颂温暖，安详，色彩和生命

我对老师说，"不"

我无法歌颂没有祖母的春天

也无法歌颂没有父亲的春天

更无法歌颂没有粮食的春天

我根本无法在这三者缺失的情况下

还能集中精力用花朵歌颂春天

花朵是件多么美好的事情啊

在我的眼里只有数不清的冬蛇

在抵达春天的树枝，而不是花朵

我看见蛇舌在每根枝头上跳跃

像一段段猩红的点燃爆炸的引信

母亲曾说我也是一条揭竿而起的冬蛇

生下来就把春天的奶头咬得生痛

我很乐意接受这种富有诗意的比喻

也有人劝我能不能温顺地喜欢点什么
当然，我喜欢雪花把瞳孔冻成白条鱼的感觉
还喜欢把祖母父亲粮食楔入梦境
为了这些梦我甚至奢望白昼变得更为短暂
这让我对冬天的依赖与日俱增
因此，我每天向神祈祷春天不要降临

这使得很多沉迷踏青的孩子记恨于我
他们把倒春寒也算在我的头上
并恐吓要抓条蛇来超度我，可就算被超度
我仍然不会用花朵来歌颂春天
我在等待他们施我毒液，这样我就拥有
比春天更为灿烂的前程，从而可以
顺利地住进迷宫一样的冬蛇的洞穴

这种结局更像我一个人的反春天的庆典
我无比憧憬那一刻自由，完美地到来
在那里，我必将遭遇前世的小伙伴
他们掌管着一把启开往生之门的钥匙

春天和酒杯

这是两种不同质地的形体
一个盛着色彩，一个盛着浆液
它们被人类把玩着
当然，同时也把玩着人类

作为两种盛放私欲的媒介
像一张报纸的一生，被迅速注满
又被迅速淘空，直到失去话语权

最终，它们被安葬在一篇课文里
叠成淘空身体的方块字
每当人类的孩子们读到这里
它们会因为绿色的缺失而脸红

很多时候，人类就像一群
居住在春天和酒杯里的守灵人

一只 13 点 15 分的蚂蚁

再孤独的世界总会有同行者

在中午的广场，我就和一只蚂蚁有了交集

我远远地看到了它，同时我看了看表

13 点 15 分，时针向北，分针向东

我们向对方走去，我确信它看到了我

我能感受到它的触须在友好地摆动

这是一个有意识的节奏，而且

我环顾四周，附近只有我一个生物

它走直线，没有一点平时的迂回

距离越走越近，中间有一次它停顿下来

用上颚在一块水果皮上篦了篦

就像一个有修养的人约朋友见面

总会事先漱漱口，或者它可能意识到

和一个异类交往的困难，总之

它和我一样，都执着于打破这个中午

的孤独，它一次次把触须荡漾到最高处

像是荡漾传送信号的两根天线

这时候天空恰到好处地被搅响

许多午睡的人推开了窗户

我没认为这是我所偶遇的这只蚂蚁的功劳

在这个世人皆睡的中午，它和我

只是另一个被各自世界遗弃的孤独者

世界，是我在这首诗中三次提到的大词

其实我茫然到和它无关，在这种

时光里，只是一只蚂蚁选择了我

我选择了一只蚂蚁，就是这样

马甲

当一座城市从我身边走过的时候

要允许我向三种以上的事物行注目礼

这样我就不会抗议它，曾经在我的

眼睛中实行的各种交通管制，这其中要有

一整夜亮着的路灯，要有路灯覆盖下的

垃圾桶，垃圾桶旁要有自由的捡拾垃圾的人

一些准备腐烂着的事物将会被及时阻止

并被赋予另一种生活形式，但至少是活着的

一双有些旧但品相完好的粉色鞋子，会找到

大凉山的一个小女孩，让她成长中的小脚

和地面保持一厘米的尊严，一具有些褪色

但肯定没有做过任何外科手术的迪士尼书包

会被及时背在又一个山区孩子身上，书包里

生长着的温暖，也许会缝好孩子人生中

所遭遇的许多裂口，当然，一定少不了一件

破了几个小洞的棉马甲，在一位孤寡老人那里

替阳光留足了深入生活的位置，而这些城市

和山村的虚构关系，将完成对一个网红名词

"马甲"的重新定义，当很多寒冷得像同一天的

冬天一个接一个来临，谁才是马甲的最终主人

看到满头白发我会心生恐惧

我会立刻想到我也有满头白发的那天

我会担心孩子们长大了，他们不再
依赖我，不再让我接送上学，不再遵守
不要和陌生人说话。他们整天和陌生人说话

我会再也没有兴趣玩让别人猜年龄的游戏
因为我似乎失去了玩这种游戏的权利
在许多场合，年轻的女孩们都叫我爷爷，爷爷

我会抵制小朋友在我横过马路时的搀扶
我会像被收缴过桥过路费一样讨厌这种爱心

我会焦虑年轻女孩在公交车上向我让座
对此我会像一个从战场上下来的伤兵一样忧伤
我甚至认为多看一眼女孩的眼睛就是发动战争

我会对毕生唯一珍爱的睡梦心生抵触

并生怕在梦到童年，初恋，娶媳妇

生儿子，儿子娶媳妇，儿子生儿子

等等能笑到流口水的大梦之后，再也不能醒来

我会对已然到来的晚年时光产生很多设想

其中最令人难以接受的，就是在妻子之后离世

我会认为这是被整个世界遗弃的，大孤独

我会知道所有关于白发的原罪是太阳晒成的

为了展示对抗，我终会选择把自己交给黑暗

如果黑暗包围了白发，并且包围了我

除了记恨太阳，我不记恨世界

绮园樟树

要像荒地记住第一把开荒的锄头，记住海盐绮园

它铺着让脚板觉悟下来的小路，个性又温暖的

鹅卵石在路上轻盈舞蹈，但我没有必须写下这些

石桥，对，向一池湖水索爱了 100 年的石桥

但我没有必须写下这些，潭影九曲，海月小隐

古藤盘云，美人照镜，泥香三乐。它们每一帧

都有小脚女人和高衩旗袍之美，并集体对抗我的遗忘

但我仍然没有必须写下这些，我只记得绮园的

古樟树，一片樟叶就是绮园的一折唱词

它们驱邪，除污，正本清源，沉稳的香气四处

发布启示，和我年轻时的母亲的说法如出一辙

——樟木是最好的嫁妆。公元 2022 年 7 月 4 日

它们逆江而上，清廉和正气是绮园逐船远游的白蝴蝶

我和母亲这样讲述，和生儿养女的爱人这样讲述

用文字唤醒大辛庄的乌龟们

用文字唤醒文字，是对大辛庄黄土下

沉睡了 3200 年的乌龟们的尊重

另一种尊重，是来自中国历史为何越来越轻

这一命题，结论是因为纸张远比龟甲要轻

面对这种厚重，后来人一定要对 3200 年的黑暗

追诉国家赔偿，赔上一万万个阳光灿烂的日子才好

这或许可以消抵对乌龟们的杀戮初心

人啊，总是用最善良的生物残骸来见证发展

龟类和人类就此有了深度交集，只不过是

以一种生物的死置换另一种生物的生

或者只是生的叙事，在那个时代，谁会在意

对乌龟的仁慈，谁又愿意坐在道德的废墟上翻土

除了某位诗人，皮肤被 8 月的烈焰灼刻成
甲骨文时，突然有了和乌龟一样的感同身受

才有助于把这一虐龟凶事，想象成一种苦难
去记录另一种苦难时，所能宽容的社会性

才有助于把这一凶事，想象成一种原罪
去超度另一种原罪时，所能接纳的宗教性

这样，诗人才会从悲悯中走出，重新考量大辛庄
乌龟们死得其所的价值，一如它们存在的图腾

才会把它们当作人类的前世，雄性为父雌性为母
才会乐于接受王八的蛋，这样富有血缘关系的称誉

也只有在这种虔诚的叙述中，龟们才会成为主角
才对得起为记录另一个物种的声音的舍生取义

这样的身后功名才会风传，每个踏上大辛庄的人
才会领到神的谕旨：太阳，太阳会在龟背上升起

多少个甲骨文字就是多少个太阳，这游动着的光源啊

对应的一定会是耕种，渔猎，徭役，战争和祭祀

当然还有占卜，人类习惯以它来建立和神的交往

在这时候，龟们会高贵到作为人类和神的主人存在

神说，一片龟甲就是一枚玄铁令，指引大辛庄人齐鲁人
中国人

如想穿越，请先学会歌颂乌龟，并为曾经的死亡呈献祭品

这是玄铁令需要的宗教仪式，只有做完这些，才能从它

古老黝黑的肌体上获得热度，获得审视人类的新角度

重新回到 3200 年后的这个下午，许多生物都在炎热中
昏睡

用文字唤醒文字吧，大辛庄就成了乌龟们，找回生活的
一部分

老房子，新房子

没有人说得清楚，老房子存在久远些
还是墓穴存在久远些，因为世界上
既有挖坟掘墓的人，也有推房平屋的人
可不管怎么说，它们平常住的都是人
或者人的灵魂，它们拥有头骨一样的冠盖
它们在拥有的空间里覆盖人生的两极

相比较于墓穴，我还是来说说老房子吧
老房子分娩了一代又一代的孩子
羊水和木椽构建起了房子的体温
在很多时候，看似安静缓慢的老房子
常常感受到等同于战争的压力，当然
即使脐带断了，孩子们远离故土
只要老房子还在，只要母语还在
就可以安放回家的念想和基因

这看起来可以让世界安宁许多

即使在黑夜，许多窗口也不会关闭

即使关闭也不会拉上窗帘，这些眼睛

在各色各样的老房子上数星星

或许，这只是一种理想，但当每年除夕

人们得以在旧门楣上贴春联

老房子就会白白胖胖了一个年轮

这是春雪给予旧秩序的祝福和欢愉

老房子做过祖母，母亲，妻子，女儿

做过一切能分娩色彩的蝴蝶，直到昨天

各种建筑的声音把老房子彻底摧毁

连着贴过千百年春联的门楣的那些

气息，欢乐的，迷信的，呷着茶的

悲悯的，阳光的，剥着生黄瓜的

虚拟的，春情泛滥的，陈旧得跟拐杖似的

或新鲜得如新娘红，这一切，都不存在了

老房子的声带哑了，再没有谁跟历史聊天

现在的新房子立在斩首老房子的刑场上

像蜕去死皮一样把所有的记录删除

它们洗白过去，然后树立新秩序

层层施压是它们通行于世的价值观

它们把世界压得生痛，一层压着一层

别无退路，所有新房子都新得喘不过气来

而最上面一层，又因为远离地气

整天和上帝打交道，那恐怖的闪电啊

常常在黑夜中打劫夜梦和传统

现在的新房子充满尖锐和禁忌

拉上窗帘，把所有的影子关在户外

这里贫乏到连口语里的词汇都是孤独的

它们是矗立在美丽城市中的仙人掌

当然，这世界也是如此

奈曼柳林

草原上的人说，这是一群被太阳

爬过最多的柳树，我不知道怎么解释

"爬过"一词，也不知道照搬江南老家

关于"爬过"的用法，是否行得通

小时候听父亲同别人神聊，昨晚又爬过

他的女人，这时候的父亲表情灿烂

和爬过柳树的太阳一样灿烂，但不知道

柳树们做何感想，它们是草原的女儿

自然有一些不同于其他地方女儿的想法

如同不同于其他柳树的腰身和发梢

同行的人叫它们怪柳，我反对这样的称谓

我习惯狭隘地对待一个词，而不会去引申

或贬词褒用，如果在通常意义上是贬义的话

我把被太阳爬过的柳树，等同于被父亲

爬过的女人，柳树由此成了我的母亲

我不允许母亲被人冠以"怪"的名义

虽然即使在春天，枝头上也是少有叶子的

有的甚至一片也没有，它们裸露着身体
拒绝一切与葱翠，婆娑，柔软有关的指认
比任何带叶的生物在黄沙中挺立得更久
这是奈曼柳树的深刻，而当北风从它们
黢黑的躯干上走过，也只有在这时候
所有关于母性的伦理部分，才会得到正解

在结婚日分开一些词

把酒和窝分开，让它们独立成词
把蜂和蜜分开，让它们独立成词
把性和命分开，让它们独立成词
把生和活分开，让它们独立成词

婚礼上的承诺像海绵，要学会挤出其中的海

婚纱不是王袍，脱下就穿不回去
戒指不是自动售货机上的避孕套
给两块硬币，就能抵御十万来军

嘴里说着完美祝词的证婚人，正盘算着
利用长假，和一个网恋的少妇以梦为马

一对婚烛的光亮，无法驱除酒桌下所有黑暗
如果你佯装喝醉，就能看到一些体面的手脚
像缠绵在一起的派生词——这些桌布下的

伏笔，或许有人看见，却永远装作浑然不知

置身婚礼现场，节制就是理智，要尽快和主人
说再见，别让人以为你是一个搅局的第三者

钓鱼者说

通过春天的水面我在阅读一个钓鱼人

打窝，挂饵，甩钩，扬竿。我从 8：30

开始看他，好像他是让我春心荡漾的全部

胜过看桃花，李花，梨花，杏花，樱花

这些以结果为目的的开花，在我心里有多下流

甚至连海棠我也不看，虽然这个名字

径直指向我的初恋，我也不愿去看

这个春天的上午，我和第二个，第三个

后来是一群人，在看一个钓鱼人打窝

挂饵，甩钩，扬竿。我们像船板上

抻长脖子的鱼鹰，期待第一条划过空气的鱼

新鲜地游进眼睛，嘴巴，喉咙，可这是件

多么奢侈的事情。在一百多分钟时长里

我们得摘下多少次口罩，喝多少次水

抽多少支烟，戴上多少次口罩，得做多少件

和我们宝贵生命息息相关的事情

鱼依然没有上钩，哪怕一条令人生厌的清道夫

钓鱼人并没有放弃，仍然不停地挂饵

甩钩，扬竿，挂饵，这位唱诗班的领唱

这位春天里的歌剧指挥，带领着一群

沉默已久的口罩，一次次扬起他的指挥棒

我为一顿肉记住了父亲

父亲是太阳落山的时候离世的
但我完全不能把他和太阳
联想到一起，太阳会在下一个早上
或者在下一再下一个早上
按时回来，而父亲不会，永远不会

其实，这都不重要，以我的年龄
我没有办法认知到，父亲和太阳
谁回来的合理性，我和弟弟只知道
掏鸟蛋，看天空做棉花糖，吃饱童年

在很多个晚上，我们激荡着
饥饿的血液，在各种宴席间梦游
吃白米饭，吃大肥肉，咬一口
就像咬下整个太阳的天狗
在人类的黑暗中，饱满而幸福

幸福，幸福，终于降临。梦游

在父亲的出殡宴上，成为现实

肥肉，肥肉，我久违的亲人

它们奏着哀乐，完成了对花朵的救赎

从此，在漫长的岁月里，这个面如白纸的

男人，终于在他长大成人的儿子们那里

拥有了和太阳一样，温暖而红润的注释

海盐的盐

收起以往习惯的轻浮修辞，要用海豚音一样的

歌颂上限进行书写，从阳光码头的第一顿消夜开始吧

当海盐的海流进胃和血管，海和盐就在体内生长

从杨家弄 84 号复式阁楼里传来的"活着"的口信[1]

也在体内生长，在海盐，我要让千里之外碧环村的童话

复活，那年冬天，月亮照在白色的盐上，母亲把

月亮和盐请进陶罐，埋在白雪一样盐里的鱼和肉

就会丰盈整个冬天，邻居孩子们的童话总是比

我们的童话单薄——我幸福到愿意做一粒幸福的尘埃

在这时候，碧环村和海盐县是对称的，尘埃和盐粒

是对称的，符合事物的对称法则，像南北湖，叶家桥

像我居住在这里的对称友谊，城池是朋友们共同的名字

我喜欢这些在阳光里翻阅海浪的人，正直，善良

热忱，无畏，洁净的衣帽上恐怕连六只脚的

---

[1] 海盐杨家弄 84 号，著名小说家余华的故居，余华著有代表作
《活着》。

乌蝇都站不住，他们是海盐的盐，他们朴素

谦逊的菜谱里藏着一份保鲜秘籍，像母亲的黑色

陶罐，拒绝腐败的声音，盖过了物质所有运行的声音

诗人的爱情

我是一个无比胆小的人

每次坐飞机，我都买保险

20块钱1份，至少买3份

最高赔偿100万，等于中了大奖

我一度被这组数字，吓了一跳

也因此有底气，不怕轰鸣，气流

机械故障，劫机者，也不怕飞机

在机场上空一圈一圈，像人生一样

原地画圆，画多久都行，更不会

怕个鸟，一句话，我什么都不怕

只要离开了地面，我就从一个

懦弱的人，变成一个无所畏惧的人

当然，话说回来，飞机终究会降落

无非是降落方式不同，一种是

平平安安回家，继续忍受生活的

絮絮叨叨，一种是拿保险公司赔付的

巨额支票，作为回家的礼物

狠狠地，吓她一跳

在黑暗中写生

画笔最早捕捉到的

是两根平行电线

地线是我的母亲

火线是我的父亲

我不用仰头就能感受得到

这对从遥远的地方来

又到遥远的地方去的

父母。它们穿着单薄

和这个臃肿的冬夜不相称

我想画得取向明确些

但万物都拥有复合色

我看到黄水绿水白水

从它们身体内淌过

我还看到汗水血水泪水

也从它们身体内淌过

淌着淌着，这黑夜封冻着的

世界，刚来得及"哎哟"一声

就从屋顶下面，开出无数朵花

蛇是可以信赖的

我从五岁开始祈祷能活过十岁，这是一个有着

严格要求的五年成长程序，而且一直认为

只有恒温动物才会长寿，自己只是一条小公蛇

这也是父亲的愿望，他教导我不要在乏味的

阳光下获取奖赏，父亲常常带我到竹林子里

和乌鸦、蝙蝠、白蚁、洋辣子、鼹鼠一起

练习生长，它们能在最大限度内激发出

我体内的"小"来，同时会拉低小伙伴们

对我的憎恨，父亲是个好父亲，他说蛇都是

拥有云的翅膀的话来鼓励我，这让我

没有为委身为蛇而难堪，很长一段时间内

我确信自己遗传了蛇的品质，我把身段

放到最低，让步伐忠诚于大地给出的指令

以及在奔跑时展现出惊人的曲线智慧

我像一个真正的王者隐藏起自己竹林里

的身份，并向有着白瓷一样额头的女孩承诺

让牙齿上的火焰丧失寻找苦主的兴趣

她曾经为吸去一个孤儿腿上的毒液失声

这提振了我为数不多的一篇记叙文的主旨

此后我在每年入冬前给竹林安上神的眼睛

让冬笋获得梦想，让这里所有事物享有

信仰的权利，并确信有蛇的地方草都是平静的

东人民路大街十字路口

如果在春天，如果在阴云密布的黄昏

我像一个诗人写道，我礼貌地走在落日里

这样俏皮的字眼，那是因为我爱这个地方

和这个地方的人们。如果再善良一些

可以把这看成一种轻奢的忧伤

不过接下来，请原谅我讲述一些

不合时宜的事，当然，我只简单地说

七天内发生的，这是上帝造世的时长

也是我的记忆上限，比鱼类长多了

它们是七秒。我看见一个长头发的背影

死去，杜鹃将会成为她苏醒身体的一部分

但我不能告诉孩子们，我又看见

三个坐在同一辆电动车上的孩子死去

他们的校服像二月的落英一样灼伤行人的眼睛

三个啊，多么美丽的生养，但我仍然不能

告诉孩子们，我还看见一只穿着衣服的

罗秦犬死去，我清楚地记得它走过我身边时

深情地嗅了嗅我的脚踝，这让我感到

无比温暖，不过我还是没有勇气告诉孩子们

我把这些车轮下的宣判隐藏在文字里

不是怕公开诅咒东人民路大街十字路口

这个巨大的十字架，而是不能让孩子们知道

在春天里，上帝家的门被这种方式打开过

回忆让我把夏天定义为一只蝴蝶鞋

一座瓦房，一口水塘，一位女孩
多少年过去了，我总爱在夜深的时候
想起他们，我总认为有一些陈旧的词汇
附着某种密码，只要给它们适当的温度
比如夏天，它们就会重新活跃起来

水塘是村子的水塘，瓦房是女孩家的瓦房
水塘比村里任何男孩离瓦房和女孩更近
这三者的关联，让我在很长一段时间的理想
是成为水塘本身，就是这个念想，比读书
或者成为别的更易于身心愉悦，这缘起于女孩
总是在夏天的水塘边濯洗她的脚丫，和青春

如果不是女孩的蝴蝶结凉鞋，像鱼游进水里
如果不是我，像伏击手剥开水面翻寻蝴蝶
二十多年过去了，垮掉的瓦房已经把水塘
填平，把事物和身体内盛放青春的胃腹填平

我又怎么会在多媒体时代仍然记得起这些呢

而事实是，我内心把这次经历，拔高到
挽救一个溺水者，我记住了其中的伟大细节
包括沉在水底的时候，女孩焦急的呼叫
像蝴蝶翅膀上的萤光分开混沌和黑暗
并引领我以活着的姿态升上水面，多年以后
我把它从各种声响中择出来，音质仍然清晰

萧红纪念馆

萧红纪念馆，我来过

和我一样来过的，不计其数

有男人，有女人，有大人

有小孩，有大人带着小孩

这个城市的人们，把它

当成了一处便利场所

它免费，里面有免费厕所

方便了所有人

但生前死后，没有人

方便萧红，连远道而来的

我，也斜靠着它

免费照了张相片

博鳌

如果需要对一个词汇进行评估，我会把博鳌

和伏羲，炎帝，颛顼，少暤，蚩尤这些上古名词

放置在同一个计量仪上，当然还有女娲

我会从中推演出，一个女人对一只大龟[1]的战争

不过这种神认知的前提是，任何翅膀都要

高于天空，任何土丘都要低于大海，如果

不是这样，那么需要，任何藤蔓比椰树挺拔

任何泥淖比鳞片明亮，如果不是这样

那么需要，任何口罩钟情于鼻子，任何快门

生动于眼睛，如果仍然不是这样，则需要

每一位到访博鳌的人，不会变得比他时贪婪

或富于幻想：不会因为海水蔚蓝，而摇身为鱼

不会因为天空澄明，羽化成鸟，不会因为

渔姑脚丫滑嫩，匍匐为小草或倾倒为沙粒

---

[1] 是古代传说中海里的大龟或大鳖，女娲炼五色石以补苍天，断鳌足以立四极。

更不会奢望时空静止，好让你从容回忆一些
干净的事情，比如初恋，比如唱诗班的孩子
比如春天茂盛的鸟鸣。当然，如果所有的
如果都不成立，那么我只好接受一场，由神
及物的公开回应，回到2018年冬天，某个
温暖的下午，被博鳌的阳光押着，游街示众

黄龙无缝塔

从五岁开始，我们学习加法和减法，直到仓促

长大成人，用快五十岁的枝叶交流几棵树的前半生

我们追赶一条弯弯的河，追赶一山弯弯的毛竹

我们幸运极了，把自己归还成一群天真的孩子

我们找到了小时候玩耍的皮球，它长大了

成了一座包浆温暖的石塔，被安静的时光分配在

高大的竹林中间，很多不可否定的事情在其间发生

热爱细节的地衣遮盖了塔身上所有的小事件

在石塔旁边，再卑微的事物也是宽大为怀的

就像再倨傲的幕阜山脉也不会阻止布道的阳光

这位七月的王，为四个远来者剃度，为一座石塔

增加四座石塔，这种连小孩都会算的加法通常是美丽的

樱花谷和白塔

把富士山的樱花请过来，刚刚

解封的，珞珈山的樱花请过来

官方的，民间的，豢养的，野生的

这些被允许盛开的花，请过来

春天的黄土地，就成了春天的樱花谷

粉色，绿色，白色，紫色，阳光色

一花一世界，一叶一菩提

刺激着敢于踏翻春天墙头的人们

也刺激着山腰一级一级，垒成官腰带的

石台阶，和端坐在台阶之上

顶着阳光环，戴着金峨冠的白塔

有花可拈的山神，从此就有了高度

白塔成了他竖起的中指

他肆无忌惮地挑衅着天空

就像肆无忌惮地尊食众生的供奉

喂养尘世的人们不在乎这些

他们一如既往地把山神竖起的

中指，当成生活的避雷针

夏至，热度，以及其他

午夜，时针指向正北方向
一桩大事件正在空气中传开
夏至君临，水珠离开地面
潜入到男女，牲畜，万物
以及所有的毛孔之上，大地上方
夏至操持着打开汗腺的钥匙

一霎间，每一颗咸涩的汗珠
都挟裹着一枚太阳，洞穿所有世事

之后是炼狱般的包围、俘虏、管制
所有的毛孔挣脱不开，并且毫无出路
太阳以加速度蒸烤，分裂大地
那些硕大的以焦土为背景的龟裂纹
是太阳为它的子民传持的生存偈语

如果去拷问这个季节，忠实于人类的

恐怕不是狗，不是情人，不是影子

而是汗珠，狗乞怜于扔出骨头的人

情人和影子习惯在黑夜出走

只有汗珠，始终像初恋缠绕于你

除太阳之外，烟囱，电线杆，农作物

干涸的河床，寂静的村庄，黄狗的舌头

都臣服在白晃晃的空气里寻找肉体

脱去所有象征人类文明的矜持

一切变得烦躁不安，没有原则

世界陷入黏糊，暧昧，失语的境地

这是一场热度空前的运动

除了热浪，大地和瞳孔一样空旷

一样一无所有，这个暴戾的上帝

正在用快捷，火辣的手段

榨干大地所有的水分，私情和财产

叶家桥

在我卑微的诗行中，家是我的原乡，桥是我的
外婆桥，我曾经与一个叶姓女子将黑夜的肉身
修成金身，这不是肤浅的杜撰，生活中原本有许多巧合
就像"叶家桥"，我踏上海盐的第一道闪电
我的近视下拉 300 度，也能清楚地看见桥上的青苔
桥下的丝茅草，它们曾经构成我 1980 年代的
伤痕与欢喜，我也是从那时开始学会练习
诗歌语法，站在稿纸上摇晃的意象贞操一样干净
现在，叶家桥，在我的镜头下完成一段街头
随机采访，它像乳贴一样开在海盐挺拔的身体上

现在，叶家桥，像彩虹一样扎进海盐生活河的桥
除了"高出水面"，我无法用更谦逊的文字进行陈述

断章，写在卧夫追悼会现场

初夏，诗歌界在北京怀柔

为一匹以铁轨为弦

傍水而居的饿狼结绳记事

2014 年，卧夫元年

卧夫，这匹狼

享受着人类死者为大的哀荣

他霸道地命令所有的诗人

放下手头的工作为他命题作诗

作为引子，他自己写下了第一首

他彻底失望于北京广而告之的雾霾

他害怕这没有光的混沌且暧昧的世界

吞噬了他从人进化为狼的行为诉求

他更怕由此关闭了滋生图腾的诗歌长卷

这条唯一能和海子交汇

贯通阴阳两界的铁轨

为了实现这桩以梦为马的夙愿

他把身体逼宫成催泪弹

在铁轨上涂鸦由来已久的狼子野心

他用钱，车子，相机，酒宴做构件

用仗义，谦恭，柔情，天真的率性做饰品

搭起一个四方来朝诗意栖居的狼窝

在彻底落荒为狼的那一刻

他炼五百人的眼泪为珠镶嵌在狼椁之上

这是理想之中黄袍加身的葬礼

在做完这人世的最后一件应景之事后

他把所有的死账和象征人的衣饰

从肉体上层层剥离，一笔勾销

从此，他丢亲弃友赤身行吟

由城市荒郊一个死无对证的地方启程

按照计划周密，心仪已久的路线图

独自向西，向西，向西

行走在一轮张扬狼啸的月亮之上

从此，或若干年后

人类的诗官或许在评传中这么定义

卧夫是一个好人，经营烟酒女性和诗事

至于是否符合狼族标准，并完全脱胎为狼

还是由狼族来评定吧

毕竟这中间，隔着一张

人皮与狼皮的距离

善良的人们啊，不要过分揣摩狼的世界

对狼来说，也许紧闭双眼，孤独就是幸福

如果珍惜，请珍惜和狼相处的过往吧

毕竟这是一匹，因为梦里得罪皇帝

而执意把自己干掉的

来自北京以北的狼

初恋的祭词

十年前，12月12日，一个规划中的祭日
在大月如期而至，大月的月亮配得上为庄严的
事件贡献光明，我把一个人的听证会
放在杀手的窗口下举行，这样的桥段具备古老的
气质，大雪应景而落，安魂曲在失恋者周围展开

我怀着赴死的心走向杀手，向她索要盛放羞涩的
初恋手稿，之前我从未说过一句关于女人的坏话
将来仍然仅止于赞誉——她已经宽阔到不属于
和一个行将就木的人理论，这是优质杀手
必备的矜持，如果把活做得干净利落一刀两断的话

我很想模仿《大众电影》中杀手的形体修辞
耸耸肩或者挥一挥曾经虚构过爱情的衣袖
借以消解笼罩在喉结上方的刀光，街灯还是一盏
连着一盏，被一心献祭的小公兽唤醒，那时候的
大雪单纯，言情故事得以贴上一夜走红的标签

而我管不了这些，人们不知道那些手稿的定义

不像我正热爱这种追逐，我沿着杀手遁去的方向

追到中途，我结实的小腿开始发颤

我的人生里没有类似经验支撑我继续追下去

接着，我的头脸开始胀大，自己逐渐成为自己的

陌生人，星空的眼瞳里布满挥霍不尽的黑夜

随着手稿逐页把我从主语位置删去，我突然

触摸到杀手沿途留下的血迹，像雪片宽恕过的光

攀附在枯萎的玫瑰花瓣之上，令黑夜得到修正

这好比一则偈语，让我在窒息中打开天窗

这个发现最终节约了殉道者一次非凡意义的捐躯

那一夜之后，那些失去的逐渐被找回，我照常

长大成人，照常吹抒情口哨，尊重老人

和爱慕女孩，仍然照常在静夜种植杀手

曾经赠予的土地，在那里，五谷丰盛，分外动人

杨家弄 84 号
——致余华

这是一个供太阳参照的独立光源，弯曲又垂直

我喜欢这样的光源，杨家弄 84 号，并为此

愿意失去听力，只用眼睛来完成阅读

它是我行囊里《活着》的元身，多年前就屹立于此

我看见粉墙上觉醒的雕花窗棂，弯曲又垂直

一位把玩巫师水晶球的少先生站在窗边

他没有说话，抬着头给天上的星星喂面包

为它们读法国诗人阿波利奈尔的诗《米拉波桥》

希望有一座象征爱的桥为苦难的星星们摆渡

他知道天幕上有富贵，有家珍，有凤霞

凤霞能说话，能听见长庆赤脚跑来跑去的声音

并相信他们还活着，相信他们和盐都是大海的儿子

这些星星一样闪光的晶体，从出生下来就能防腐

上梁山

我为这些石阶而来，这样的叙述更接近

某种演义，石阶两边的柏树穿着黑色的铠甲

我不去看它们高高擎着的面孔，古今兵士的面孔

大都是雷同的。我拾级而上，让弯曲的膝盖

拾级而上，我无心观看手拿板斧在半路剪径的李逵

他早已失去当年之勇，好汉要成为好汉

首先得有八百里水面，现在只剩下八百米

阮家三兄弟也已经上岸了，这点水远远不够颠覆

一个王朝，山腰的几匹瘦马，已经作为照相的

道具被招安，据说它们的马蹄铁被存放在聚义厅的

玻璃柜里，再坚硬的质地，也始终拗不过有一个

吃草的主人。脚下的石阶很漫长，它退一步

我进一步，离山顶聚义厅还很遥远，离北宋还很

遥远，这是一段可以匹配九百年的距离，一百单八将

也已经成为一个固定名词，不可加减，我庆祝

这一发现，它让我的膝盖坚实地回到庸常生活中来

牧羊人的早晨

早上的草原

像一把釉色很薄的奶壶

牧羊人只抿了一口

就白了黑了一夜的蒙古包

邻家的犬或早起的炊烟

熟悉得连招呼都免了

许多许多月亮

圆圆的在叶尖上滚动

牧羊人从不在早上吆羊

只让草香牵引着羊群

一会儿工夫

羊群上了天

打工时代的爱情

这是两棵客居远方的树

一棵南木，一棵北木

它们追随月亮的轮子走到一起

月亮是树木最先触摸到的鸟笼

月亮把它们的身躯

照耀得赤裸而颇具质感

在月亮面前，它们无须隐瞒什么

展示赤裸，是黑夜的需要

两棵树从树荫到根须拧在一起

是苦难和希望启示了它们

让它们对神祇立约，从子宫开始

从身体中最为原始和黑暗的地方开始

然后在黑暗中放牧萤火

在每个早晨来临的时候

它们都要采集叶脉上悬挂的露珠

因为露珠里居住着许多下凡的月亮

它们不愿意做露水夫妻

因此借月亮来存放情人的盟诺与体味

江湖相传，这就是树类的爱情

它们风里来雨里去地簇拥着

枝丫攀紧，树荫融合，通体倚靠

时刻呼应着光阴的战栗

一南一北的两棵树就这样生活在一起

生养小树，捕捉月亮，装饰风景

它们交织着灵长类的爱情

并用枝叶和根须驱动地上和地下的河流

除此之外，它们并不会去谋划一场革命

只要身体还在应该在的位置上

只要河流不会干涸，就已经足够了

威海孔庙

这是 7 月写得最晚的一首，它重

每个字都很重，我是一个文化人

我习惯在城市没有醒来的时候写重的东西

比如孔庙，文化宇宙中神秘的方程式

无解，又有解，这么多朝代过去了

庙宇拆了又建，建了又拆，没有人需要负责任

每个人心里有一座孔庙，建与不建都在那里

但它还是竖起来了，在威海，城市的阳台上

孔庙最先接触到光，人们开始起床，洗漱

更衣，晨练，上班，开始井然有序地生活

一个人如果从清早就接触到它，眼睛就会干净

我有理由相信，整个城市的人都去看过它

客旅三天，我也去看过，我所处的城市没有孔庙

来威海的人都想看一眼，然后把它装在心里带走

这是孔庙的神秘，再说，谁不想自己的眼睛干净呢

听讲解员说，威海人有两座海，一座是威海
另一座是孔庙，同时能在两座海里游泳的人
他们是幸福的，听明白了这一点，我像一个
取经的人，带着二分之一的幸福，离开了威海

院子

我靠在院子的红砖墙上，我的脑袋需要
这种泥土的红色，它比花朵的红来得
更为靠谱，我把所有飞进院子的叫声
当成邻居家大姐姐的声音，包括鸡和鹅的叫声

大门上的福字被冬风和春风刮掉了两只角
还有两只撑在那里，虽然这两只幸存的角
也是要被夏风和秋风刮掉的，到那时我眼里的
幸福就会彻底消失，但我还是会照样珍重它

我会小心翼翼地不去踩踏院子里的每一株蒲公英
把它们当成父亲侧室的子女，恳求母亲不要用它们
来煎水喝，母亲大人的肝好了，我的肝会痛的

我经常像怀春的少年一样仰望路过院子的云
这是一种包含热恋和失恋的体验。我立下赡养
院子里一切事物的诺言，同时忘记院子不是我家的

站在城市的一条河边

在河水顺走一些

来路不明的浮财之后

河底的光线就彻底活泛起来

照得见石砾上盘踞已久的青苔

都专注于自己领地的阳光

生怕被蚕食或打扰

天气好的时候

河里到处是南来北往的游人

像水藻的触手在来回试探，延伸

又像饥饿的流浪者在想象麦田的饱满和温暖

有时候看似已经取得了一瓢之饮

有时候又止在云阴里不见踪影

这并不是一个成熟到可以厚德载物的城市

所有环岸而居的生物都缺乏风骨

一次吹面不寒的杨柳风便会撅断水中的影子

那些青苔、腐骨、潜水蛇

和惯有秩序中被风吹落河面的夕阳

在这里栖身已久，已经成了某种化石的原身

但即便如此，河面上仍有游鸟在逐水产卵

成群的气泡从河底揭竿而起

吹折的柳枝也秀出长发三千

各种鱼类衔魂游走

想起自己也倾情于这条河

自己的影子也被这河水牵走了

便有许多双眼睛在水面上宁静开放

它们的姿势很像众花消解黑夜的舞蹈

执着又卑微地打量着岸上的喧嚣与安静

以及活在珍贵的人世间的一切存在

围绕陶潜建一个理想国

30 年后的今天，我选择从南宋一首诗歌
进入《山居》，看，这书名号多像两只
由杂木插成的篱笆墙，它总在我梦里
开出带刺的小花，粉色的，白色的
紫色的，一朵一朵伸向我
像口语里忘记已久的一组名词

这些篱笆上的花刺，终究让我联想起
青少年时那些贮满生存况味的碎片
它们都跟山居有关。而像松针、丝茅、杉刺
金樱子，鬼针草这些，是不需要联想的
对它们而言，虽然偶尔会留下为数极少的
花粉，但更多的是数不清的刺
在我身上钤下印记。这些具象的
经历，给青少年的印象总是深远的

人说，70 年代的农耕回忆指向苦难

而我仍然会轻松地向孩子们还原
他们父亲曾经的山居影像：那些我痛
但仍然热爱着的。当然，我会有意
弱化个体部分的经受，更多地进入
沉淀了数千年之久的隐士们的光阴

我会在每个孩子们心里，围绕陶潜建一个
理想国，在这个消解人文的工业时代
我多么希望历朝历代的山居气息各归其位
而我正好以一个曾经的理想国籍的身份
回归，我要从北方居住着的大城市
带着孩子们撤离，并且毫不犹豫遗弃
口罩一样包裹着的，据说寸金寸土的门户

对我和一些都市的客居者而言，从初心
回到初心，从山居回到山居，中间只是
出了一趟远门，热闹过后，世界归于平静
草屋上头闪烁着的花刺一样的星光
安宁过所有用普通话装饰的事物

黑骏马

在北方草原，我遭遇了一匹黑色母马

它黑得让我倾心，这是我生平首次

如此礼遇人类之外的某个物种

它的威仪足以忽视所有投过去的眼神

却没有忽视一个诗人的！我为此而感动

同时，揣测它的身份令我着迷，虽然许久

没有结果，不过总强于用杜撰来编排

它的真正血统，我是说，当一匹草原黑骏马

真实地存在于，一个江南男人的视野中

而他又很卑微的话，就会像受到公主知遇一样

珍重它的回视。在日常生活中，还从来没有

如此高贵的眼神长久地打量我，此刻

时间在没有外力的空间点结束，我第一次

感到太阳下的某些神秘更加神秘，并为自己

和一匹黑马之间所发生的神秘而窃喜

这种氛围再一次让我回溯到"黑"这一原点上来

回溯触发了我的灵感："黑"和"光"，两种只有

天帝才能支配的高贵属性，在奈曼草原的

一匹马身上集中体现。我终于发现了马的来历

我为发现感到激动，今天过后，或许我会

把太多的事情选择遗忘，但显然不包括

眼前的这位公主，尤其是后来，我看到它

奔跑起来，阵云和飓风，在它的身边集结

集结，多像楚汉时期某一场大型战争的术语

被驾驭在二千多年后一匹黑马脚下，这无疑是

马类信仰的承延，和风行草原的神曲一样

折射光

对面楼高 35 层还是 37 层，我数了很多遍

得出的结果都不统一，楼到底生养了多少扇窗户

窗户内到底站着多少个女人，她们在健身

抹口红，还是对着手机抒情？我不太关心这些

我只在乎一束年轻的光，上午 9 点，从楼对面的

窗户，折射到我的窗户上来，这两扇平行的窗户

同时就有了体温和关系，至少有了瞬间的关系

折射光，这位太阳的儿子，它甚至可以裸露

透明的身体，抚摸对面窗户下女人光洁的脖子

同时又可以穿过空旷的小区来爱我，没有人认为

这是阴暗，暧昧，或者污眼睛。略显遗憾的是

这 10 多年当中，我还是第一次看到它折射过来

然而这唯一的一次，就足以让一个行之将老的人

感受到，只有经过窗户折射的光，才更像光

狗尾巴草

在此行 3000 里行程的终点，我突然看到

狗尾巴草，这些多年不见的山里的兄弟

虽然之前我还看到芨芨草，地榆，裂叶蒿

野豌豆，唐松草，歪头菜，花苜蓿还有驴蹄草

但狗尾巴草的出现，仍然让我坐怀大乱，让我

语无伦次，让草本和木本开始乱伦，狗尾巴

草！多么有体温的词汇，多么，内蒙古

它曾经的领袖，早在 13 世纪，就用铁骑向世界

秀过肌肉，此时，世界早已经没有成吉思汗

他是高贵的蒙古王（当然，在草原，没有一棵草

不是高贵的），这里只有触手可及的狗尾巴草

半举着它们的旗帜，既不下垂，也不坚挺

只让种子跟着风飞行。我只想像个同类

抚一抚它们，并不奢望和整个草原发生反应

草原是成吉思汗的女人，我不关注这些

我眼里只有狗的尾巴在起伏，像 18 岁那年

我的尾巴在起伏，其他的一切都是视觉盲点

草原也和世界其他地方一样拥挤而孤独

草拥挤到看不到草，就像人拥挤到看不见人

但我们依然能发现彼此，这是情人才有的体验

躺在它们中间，阳光亲切地阅读着我们

狗尾巴草，像月嫂的手，让我的身体温暖安静

让世界温暖安静，这一刻，世界停留在我的童年

删掉非同类的部分

进城之后，一只鸟负责切换我的白天

和黑夜，它会准时按下东半球的黑白开关

准时切入北京市朝阳区定福庄北街 23 号

我对它的依赖如此之深

删掉非同类的部分，它就是我的至亲

它连梳理羽毛都不防着我，这在人世得有

多大信任。我喜欢站在它栖居的树下

唱"嘤其鸣矣，求其友声"的古老民歌

它同样会用鸟界最动听的歌声回报我

大多数时候我们各自有各自的活法

就像它在上午 10 点振翅求爱，我习惯

在午后或者午夜，在我流连 IT 界面的

美好生活时，它在关注农耕时代的虫鸣

我们彼此识辨不出对方的性别，删掉

非同类的部分，只是两个说多熟就有多熟

说多陌生就有多陌生的人。如果天明能

按时到来，它将依然会把显而易见的结局

带到窗口，一切都与昨天同义，就像这每一天

刘公岛老洋房

就像一件古物，在历史中坐得太久：
你坐在岛上的石头上，把自己也坐成石头
很多场景和你对话，海鸟来过很多次
荷枪的人和不荷枪的人来过很多次

经历过了就会内敛，比如一块砖头一块瓦砾
风化的只是表面部分，海盐已经深入骨髓
你就这样静静地对着大海，仿佛对着一个
巨大的蔚蓝色的棋盘，消耗了很多精力和光阴

战争与和平，在你眼里都是棋事
往来的人都是走动着的棋子，只是经过朝代更迭
路人打着的旗子越来越小，小到巴掌大的留白

蒙顶山旋律

没有谁忍心驾车经过，骑旧式脚踏车也不行
要在土地上走走停停，要让每一步变得慈祥
如果发现小兽足印，它们俨如从天枢
到摇光的北斗七星排列，请不要踩踏它们
此时它们高过人类。看到幸存的红色小浆果
请让手指尊重荆冠一样挂在枝头的温暖
不要像撕扯一页过期日历撕掉它们
万绿丛中的火苗是太阳颁发的至高荣誉
遇到石上晾晒的草帽和小码的军绿色解放鞋
也不要因为磨损和充满汗渍选择回避
这是一位刚刚在叶尖上完成劳作的姑娘
的静止舞蹈。在蒙顶山，阳光下的事物
必将得到绿的庇佑，它们遵守大地的
栖居秩序。它是一条周身发射祖母绿的星河
很多人从没到过，它的澄明与辽阔，从世上
所有泉眼，从人们一手可握的容器中淙淙作响

兴隆太阳河

如果有一条河流以太阳命名，我认为
最匹配的语境应该是拥有银河的太空

如果地球上需要一条对应，我认为最适合的
境域，是古来就有"中央之城"称誉的中国

如果这是一条永不寂寞，封冻的河流，我认为
最具人气的是中国的南方，是南方之南的海南

如果这条河需要一个离太阳最近的入海口
我认为，最理想的落位无疑是海南的海口

如果苛刻到对阳光，气候，空气，温度
地形地貌，土壤，水源水族，沿河建筑
降雨量，植被，景色，物产，历史沿革
民情风俗，人品口碑，甚至诗情画意有要求
我认为，它的栖身地一定是毗邻海口的兴隆

如果兴隆真有这样一条河流，像罗大佑

在一首歌中唱的，穿过你的心情我的眼

那么，好，人们会说，它，就是太阳河

钉在墙上的镜框

在小时候的乡下，我总爱盯着墙上的镜框看
那里住着和我相同血液的亲人们，其中
只有一位不是，他是比亲人还亲的毛主席
住着毛主席的镜框，因为搬了几次家
从南方搬到北方，搬到离天安门不远的定福庄
就不声不响地消失了，现在墙上的镜框里
住着去世的爷爷，奶奶，伯父，父亲，大姑
他们总是笑着看我，这让我认定，他们的日子
肯定过得比我幸福，也因此在很多时候
我希望自己离这样的日子近一些。除了这些
逝去的亲人，我也盯着自己和妻子的看
这是一个结婚照，两个人都很羞涩
唉，羞涩的幸福是多么幸福啊，只是现在
它已经陈旧得像一个秋后的果子，随时可能
落下来。除了墙上的这些，家里其实还有
许多小镜框的，它们住着我的儿女们，小到
被随意摆放在书桌，茶几，和床头柜上

像一盆盆茂盛，顽强的小多肉，并没有被

钉到墙上来。我为此感到高兴，瞬间从

可能掉落的果子下走出来，我现在要做的是

告诉我的孩子们，即使他们长大到可以拥有

数不清的墙，也要让那些墙，永远永远空白着

头发祭

我必须给它们界定一个生存基调，这些苦难的
复数，它们的好日子在 100 年前就已经结束

没有人再去关心，它们是否受之于父母
这些每一根都像一个线形的单薄的笔直的
或者卷曲的向天空交出肋骨的稻草人

它们每一次死去，都像遭遇一场旷世不遇的
灾难，惨绝到要集体遭遇平剪，牙剪，滑剪
翘剪，等各种听着就痛的利剪永无休止的戕害

但它们仍然愿意冒头，仍然愿意把头伸向刀锋
仍然愿意在一个该死的理发师手中练习多次死亡

尽管它们的生和死，就像满头泡沫的生和死
尽管它们的受害之源，只是因为高过所有人的头颅

五四广场

彼时我正陪儿子在广场上练习骑自行车

我以四十年的骑行经验教授儿子要保持平衡

忽然听到不远处传来咣咣，砰砰的声音，我看到

一白一蓝两袭衣衫在阳光下运动，她们多像法国

印象派画家雷诺阿笔下的《两姐妹》。应该是

白姐姐在教蓝妹妹练滑板，声音就是妹妹传来的

姐妹俩都很漂亮，春天里哪个女孩子不是

神经质般的漂亮，妹妹不停地摔着跤，儿子说

小姐姐摔一下银杏树上的叶子就痛一下

倒是姐姐滑得真好，像是骑在小海豚上的

自由女神，似乎整个广场上的眼睛，都是她的

灵感源。姐姐连声叮咛妹妹要保持平衡

妹妹嘟囔着谁不知道平衡。一脸委屈的蓝妹妹

还是继续着她的笨拙表演，蔚蓝色的裙摆下

开满青一块紫一块的云，我注意到这时的姐姐

好似沉思了几秒钟，当她再作示范时出其不意地

摔了一跤，重重的，脆脆的。或许她并不知道

这一摔，孩子们的世界，瞬间平衡了许多

母亲的羊群

世界上最大的羊群是金字塔，石质而白章

我没有见过金字塔，它们是国王胡夫的羊群

我的羊群在碧环村，在碧环村的半山腰上

我没有羊群，它们是一群白色的联想

我的眼睛就是它们的牧场，眼睛能看多远

牧场就有多大，我是一个如此富足的人

如果需要粮食，就可以随意卖掉其中一只

卖掉五只就能把被母亲送人的妹妹接回家来

妹妹也喜欢羊群，常常在夜晚和我数羊

我告诉她这是课本中忘记饥饿最为有效的方程式

直到把太阳数出来，直到把羊群数回半山腰

风一吹它们就像一群满山奔跑的迷藏

它们不会跑丢，群山是它们的母亲

不像我们的母亲，多年后她养的羊走散到天边

她那长满皱纹的眼光最远只能望到村边

它们一只在北方，一只在南方，一只在布达拉宫

一只在上海的崇明岛，还有一只在温暖的地下

再新鲜的阳光也没能救活它，它离母亲最近

母亲的羊是草质的，山外有更为辽阔的草场

它们很少回碧环村，碧环村有一座

像金字塔一样坚固的大房子，一座巨大的羊圈

常年空寂，母亲是唯一一位还在亡羊补牢的人

睡莲

如果广袤的宇宙真有飞碟，我希望它是绿色的
它在深夜探访我，潜入我家的小水池中
并于早晨像一株新生的睡莲从我惺忪的
眼睛里醒来，它给我带来地球上前所未有的气息
儿子说只有睡莲才配得上被选中做这样科幻的替身
见到它的人都会被施以魔法，并从此用绿色和圆
破解地球上关于战争与和平的密码，地球是圆的
那么一切应以圆来适配，正如这圆形的叶子
圆形的莲蕊，这是一部开放的《诗经》所必要的
还应演奏适合圆舞曲的音乐，这让许多女人
勇敢到不留下一丁点儿新娘之夜的神秘
因为在它面前地球上所有的神秘都将不成立
庸常的幸福正成为一种众所周知的体面的幸福
拒绝黑夜也已经成为夏花开放方式的精神象征
人所唾弃的浮萍将不再是空无所系，你轻易就能
想象出水下有许多类似美人鱼的品质，它们会
帮助这些走失的绿色的圆重新回到《诗经》中来

如同返回曾经熟睡过的房间，直到它们像

往常一样把我家的小水池当成求爱的灯光舞池

并找到驾驭它们的骑手，重新驶回广袤的宇宙中去

窗户上的鸽子

有人在窗户上读到一只鸽子，有人在餐桌上
读到一只鸽子，幸运的是我是前者，幸运的是
鸽子也是前者。看到它时我的一首诗正进入
高潮部分，这是周一，儿子和女儿正在收拾
过去两天的心情，妻子在盥洗间忙碌，除了我
没有人发现它，我和它需要这种共处环境
楼下有汽车通过，瓜果贩子正在摧毁
语言的美感，割草机正在宣读新鲜的死亡
那是一段很长很长的植物学名单，不过这些
和我们无关，我们足足有五分钟可以相处
这对两个倾慕者来说，或许有无数事情能够发生
但我们只是静静地看着对方，一个以直视
赋予真诚，一个转动360度的双眼回报和谐
然后是振翅告辞，窗户复位，除了远方空无一物
但正是这种巨大的空无，会让我在往后的日子
时常记起，一段陌生和透明的距离曾经来临

我和橡木塞的战争

我没有看见过橡树，只是见过橡木塞
虽然我是一个写作者，但也无法从
橡木塞绵软干巴的身体，倒叙出
橡树的高大，挺拔，和葱茏婆娑的云冠
它是我的一位仇人，准确地说是我的
一位情敌，时常阻止一个年过四十的人
重返青春，它像一块铁一样埋伏在一瓶红酒
和我之间，它想把时间和空间死死锈死
并随时等着和我开战。和红酒共舞本来是件
浪漫的事，但我却一下子想到了三个死字
这在8岁儿子的眼里都是极不吉利的
我曾经为此很受伤，并因此更加对橡木塞
咬牙切齿，这个不解风情的家伙，它阻止我
就像阻止一个婴儿对晕红色乳圈的向往
有时候，它甚至需要我开放手指上的红才能得到
另一种红。但我不管不顾这些，我执着于看到
两股生动活泼，激情奔放的红色，高大得
像长江黄河一样，在我的身体流淌，它们
一个向外，一个向内，宣告着红色的胜利

红苋菜

从一棵蔬菜中找到血液，好像我从没有贫过血

好像1980年代曾经茁壮过，在一个潮湿的

南方，有一个火热的苋菜园子，你就有了

修饰粮食的本体部分，就会让你把贫瘠变成愉悦

并且庆幸自己曾经发明过这样一种补血方式

就连母亲也选择信任它们，这种根正苗红的蔬菜

它们一开始并不完全拥有一小块领地

直到菠菜、茼蒿、胡萝卜谢幕才种下它们

像被安排在一个不重要时段的舞者，除了竭力

向观众展示舞技，从不会慨叹时季的不公

它们把太阳当作舞台灯光，生怕辜负掉半个

细节的影子，并努力向相依为命的光阴寻找

更多回应，除了血性它们拒绝一切庸常的生物属性

会让菜园子种出火烧云，会让护佑

四兄弟成长的母亲，守着餐桌上欣欣向荣的红

虔诚祷告赐饭的恩典，多年过后我终于明白

咯血而逝的父亲，和苋菜阐证的是同一个色素用词

翅碱蓬

我极不适应从一本读物里解密一株植物的定义
词语的狭隘和感性会带走它们最为动人的
生物学部分，我需要从饱满的土壤的
妊娠纹里捕捉到它们的隐喻，比如眼前这丛
翅碱蓬，它的普通和卑微需要一个偶遇者
拿出勇气来停下猎红寻艳的脚步，更何况
这是在一个被盐碱扭曲了面孔的近乎丑陋的
海边滩涂地，但并不妨碍它把这里
当成春风浩荡的胜境，同样是繁星一样
细碎的花，却有着孩童一样友善的气味
鼓胀的双凸镜一样的叶子，能让我准确地
联想起少女脸上柔美的眼睑，凝视它们
我会生出一位慈祥的父亲所应有的忧伤
正如此时的海有呜咽的回声，但当我真实地
触摸到它们的蓬勃和繁密，又会深刻地
理解这样的生存秩序：像历史一样漫长的黄河
最终能从青海万里奔腾至东营，我看到了一种
叫翅碱蓬的植物，所带来的有着羽毛质地的飞翔

石拱桥

我生活中第一个以弧形出现的大物件是这条

石拱桥，它比所有的家具都更为富足

虽然能经常看到弧形的月亮，但月亮很小

小到我会用堂姐的嘴唇去匹配它

它培养我对所有的弧线着迷，因此我能发现

最大的弧线是天空，很多时候我会枕着

地上的石拱桥看天上的石拱桥，因而相信

银河不是杜撰而来的，牛郎织女不是杜撰而来的

像堂姐和她的牛郎，就会经常站在石拱桥上

看晨光中男人放肆的铧犁，看彩虹下

女人眩晕的藤篮，看这些生动的光阴

从弧线开始，又从弧线结束，石拱桥坐落在

一个无邪的村落里，坐落在一条无邪的小河上

出殡的棺椁会在桥上停留，出嫁的花轿

也会在桥上停留，人们体验着停留的不同与不舍

人们会在这种时候哭出声音，桥下的河水和岸边的

槐叶就会作出回应，只有石拱桥安静得像村里

历过旧朝旧代的长者，它相信沉默的声部

才是最为恒久的，像桥两头扛着天空的高山

父亲的李子树

春天是一个巨大的黑洞，而它总是先于春天

击溃我，请不要否定一棵树的杀伤力

尽管它会长时间藏起它的锋刃，就像花光中的

蜜蜂藏起它刺上的光，像草原上的马藏起它的

马蹄铁，但只要愿意，它就会以整树的

少说也有一百万个白色的拳头在等待我

像今夜，它就站在父亲站过的地方等待我

这多像我梦中出现过的，只有一个人在等着我的

火车站台，我经常忘记父亲是没有见过火车的

这样的情景出现了 40 年，父亲在墙上微笑了 40 年

父亲抱着我种下它，它结了几十年李子

我生下三个小孩，我们都有了人世间的成就和幸福

父亲是在一个巨大的春夜去世的，像今夜

它举起满树的白拳头，击溃了我，和我的童年

而我的儿女们，正不顾夜的虚空和寒冷

正戴着李花编织的草帽，在树下玩春天的游戏

消失的发廊

内心告诫我，我有超过一千零一个故事需要

书写，那就把今天这个当成"零一个"

低调可能让每一个隐喻骑上更多的马匹

也许它是这个旧城改造的十字路口

最后一家理发店，不，发廊，要忠实于

一个城市赋予一个二十岁青年的咏叹调

对我而言，一家门店的活力往往超过一个城市

像北京烤鸭，天津狗不理，广州的白切鸡

这些鸡狗鸭让我从农村的脆弱里找回

对应。那时我很躁动，能从一粒葡萄

吃出红酒的色情，我甚至需要借助闯红灯

进行宣泄，发廊就是十字路口的红灯

闪烁的霓虹招牌像打响鼻的斑点狗发出

"春"的信号，而我就是那个天选的接头人

这让我有勇气接下整个城市女人的仇恨

她们偏执地认为自己腹部的快乐被转移到

这个十字路口东隅，最终可敬的 120 元成功阻止

我成为一个污点青年，也让我对玻璃门内的
姐妹充满苍白的愧疚，虽然如此，每到周末
我仍然要借故从那里路过，我把大学
四年的诗句播种在那里，南京东路 220 号

老照片

全世界的色彩退位为黑白二色，全世界的人口

退位为一家六口，那时我们还有父亲

要感谢光，留住了他积极向上的嘴角

这对一个追随神农尝过百草的病人是多么不易

那时候的母亲还很年轻，两条奔跑的辫子

被年轻的美人肩分割成健康的"人"字

这让我们的童年，在"人"字路上行走得熠熠生辉

我们会在照片右边的池塘洗澡，那是在夏天

太阳会在黝黑的小屁股上，滚动播报温度指数

有小女孩路过，无数的小太阳会一个猛子

扎入水底，这是多么盛大的场景

我们还会在照片左边的老枣树上摘枣

枣树是八月最靠得住的粮食味道，红彤彤的枣子

能治好这个季节里左邻右舍的色盲和短视

却解救不出照相人被单色挟持的眼睛

陈旧的"咔嚓"声一响，池塘，太阳，枣树

父母，我们，万物一起被锁定，多年后打开来看

拂去茂盛的灰尘，只有黑白还是那样深入人心

子母印

从今天起，母亲的第三个儿子，三个孩子的

父亲，将被两块石头命名，它们一块

命名我身体凸起的部分，一块命名

我身体凹陷的部分，从此我的身体有了阴阳

也更加具备山水气象，它们的质地

让我能够更为硬气地向世界出售我的名字

我热爱这两块石头，我甚至不知道它们来自哪里

生活中会经常遭遇这样的陌生，这会让交往

变得格外迷人，此时，它们端坐在我的书案上

我们准备进行一场推心置腹的谈话

并提议先去掉我的简历部分，也不涉及它们的

艺术和线条，这是一个彼此都受用的方式

更多时候我们只是静静地看着对方

直到我也成为第三颗石头，我向它们学习

风骨与气度，并约定用同一种口音发布共识

两颗印才用了一次，也是这唯一的一次

就把我勒出了弯曲的血印，像一条脐带的特写

母亲的白桦林

在可可托海，我告诉遥远的母亲我看到了白桦林
我说它是一个诗人，是一个女诗人的名字
母亲说她一定是个善良漂亮的女孩，名字里
听得出诵读佛经的声音，我接着说绵延的雪
在白桦林的身体上写诗，母亲说雪都是向善的
让我向所有的大雪问好，和一只即将消失
在树洞里的松鼠遇见，也可能是你小时候温暖
大地的妹妹，可可托海是一座收纳喜庆的大房子
我得及时同母亲终止这样的谈话，从怀旧的
忧伤中走出来，是眼前所见事物的体面
从东海岸一路向北，谁见过比可可托海白桦林
更幸福的树？这里的电锯和斧子已经退休多年
瞳孔里往返的快乐，给了伐木人更多的奖赏
他们有多久没遇到来自远方情侣的亲吻
传播这样的爱情，红雁的翅膀知道该承担什么
一切将在天黑后安静下来，留下从阿尔泰山走来的
白月亮，它像白色的摇篮停在头顶，而我将在
月光下走出树林，第二次拨通母亲电话，我终将
明白：世上再美好的演奏，都将回归母亲——大地

昨天是冬至日

男孩们还在不知节制地玩耍，而小女孩们

很快就会藏起她们蓝色的血管透明的双手

低温的词都会得到成长的满足，轻浮的

嘎吱声将会追随雪地靴进入诗篇

我梦中的毛驴在哪里，它已经承受过

一百零一个季节的劳役，话剧里的大雪

在靠北的磨盘上升起，它们是褒姒的舞蹈

它们重复了2000多年，像"欢爱"不会主动消失

地球沉默不语，照样会有人帮它说话

如果有太阳，靠墙的老人和月季会模糊这些

温暖和寒冷都在燃烧，季节无法描述

我们要做的就是对冬至日到来时的确认

也就是对昨天的确认，在厨房里忙进忙出的

妻子不会关心这些，她伸出右手

示意我过去，我刚跪下左膝（据说左边

是最接近心脏的位置），刚想像一个

米拉波桥上的法国人亲吻她的手背

而她却说：滚开，我只是让你帮忙捋起袖子

石砚

我从一堆石头，甚至是一座石头山上
把它带回家，我不清楚它之前的身世
甚至不问雌雄，但我心里愿它是一位姑娘
一位静如处子的姑娘。它经常坐在离我
近在咫尺的书桌上，像少年时同桌的她
我们互相守望着彼此。突然有一天，我发现
它的相貌在转变，从正面、侧面、反面
或者准确到多少度角，它都会对应上
我的一位不同的故人。他们有的丑陋
但人很和善，有的富贵，却极少兑现他的
真诚，有的人前端正，人后却很猥琐
看得久了我会发慌，恐惧，我会敲一敲它
在听到只有石头才有的声音才放心，但有时
我又想，毕竟它只是一块盲人一样的石头
并不适合这样或那样的"加持"。直到有一天
我心血来潮，在它身上挖了个坑，并装上墨水
从此它就有了一只东方人的黑眼睛，它不再沉默

会在白纸上说话，更重要的是，它不再是盲人

甚至有了自己的思想，当我看它的时候

它也在认真地看我。我想，看得久了

在它眼里，我也会变成多个不同的石头

就像我们人类，有着多个不同的身份和面孔

杏子树

从春天到夏天，我是第三次看到一棵杏子树

第一次花苞还未冲开，太阳只是分了一小点

力量给它，那个时候树上还没有蛛网

天气冷得有些守旧，太过透明和细腻的事物

无法生存，我那时和一群男人来的

我当然也是男人，他们忽略了这棵杏树

男人们更需要轻浮俗艳一些的春天

第二次来杏花正开，但我想省略其中的

300字，伟大的小说家经常套用这样的叙事方式

在他们眼里，再耐读的花也比不过树下的

百岁奶奶，雪白的头发总比雪白的杏花

更为小说，第三次来是昨天，昨天是母亲节

所有的女性都应在这一天受到尊重，也包括这棵

杏树，虽然它的果实有些少，离一个饱满的

母亲还有若干枚果子的距离，但它厚厚的叶子

足够打掉一副寻找杏果的眼镜，我深刻地

记住了第三次，为植物界这种迷人的生存秩序

第一次写一棵银杏树

树下有一群蚂蚁，没多久它们生长成树上的蚂蚁

爬行总是比直立行走能到达更高的声部

可惜我已经忘却了小时候的手艺，我爬树的

照片曾经上过县报的三版，那也是一棵银杏树

我为一个女孩采摘杏果，她的母亲整夜

被咳嗽劫持，却极其憎恨爬树的孩子

并断言我身上有蚂蚁的基因，黝黑，瘦小

多动，好勇斗狠，这促使我立志成为

一位诗人，就像现在站在一棵银杏树下

动作伟岸地仰头观天，研究蚂蚁的

接头暗号。赤裸的枝条没有刁难我的工作

这是初冬，我想南风已经彻底放弃了树上的

黄金，它们随时被一把行走的扫帚收留

也许世上所有黄色的物体都比我的情书幸运

它被当成超验的范文宣读，那是我第一次

公开发表文字，尽管我用了最好的比喻

我能从白瓷一样的杏仁联想到女孩

身体上的序曲，我没有和第二个人分享

这样的修辞天赋，并确信有些事不会再次发生

就像一只蚂蚁掉下来，考验我躲在镜片后的眼睛

光辉中的枣树

对碧环村孩子们来说，没有一棵枣树的秋天
是德不配位的。虽然碧环村从康熙年起
就没有一个富主，但不影响我的枣树
在银河系的地位，在五月拥有一树的星星
九月拥有一树的太阳，往我纤瘦的脊柱补贴钙质
也是从这个时候开始，我在灼热的中午捕蝉
一捉就是两只，它们喜欢在太阳底下婚配
动作比一对七十岁的老人还安静。我还必须强调
叶子是我的面具，这样就能看到骂我孤儿的女人
在草丛里小解，我像一只仇恨枣花发育的蜜蜂
眼睛里升起一股蜇人的快感，并第一次知道
报复的颜色是白花花的。当然，一些重要
理想我也会在树上完成，比如给漂亮的
同桌写信，挑一书包红枣子送她，享受她
泛起害羞的腮红，另一个小伙伴也想学我
只是他不够走运，他被树枝挂掉了左边的睾丸
好在并不影响生养一个当体育教师的儿子
我满足大部分时间藏身于这些太阳的富足中
这样的讲述仅在一张照片里复活，不在地球别处

景庄黑松

歌颂光明的诗句印在纯白的纸张上也是黑色的
写下这一句我开始理解黑松被称为
"黑"松的理由，如果它是一个男人
我喜欢这样的雄性和我矜持的妻子交朋友
我相信她不会排斥，一次在芭堤雅
她就兴致盎然地盯着海滩上的黑人救生员看
我对美好的事物从来充满被告般的敬意
何况它当得起这样的礼遇，比如现在
松枝上密集的钢针正逆着引力戟指天空
它们并不欺凌土地，这是血统中高贵的悲悯
大地上有太多的脚掌需要庇护。它触发了
我对龙的记忆键：一个古老的守护吉祥的图腾
苍健的躯干，黑釉色的鳞片，刚劲的虬髯
……我突然企望它能分给我神的品性
这样我就可以和树顶的白鹭，白鹭身后的
终南山保持相同的背景，这是一个
朝圣者的幸福，如果你停下来倾听
一堂绿色教义正在这里发生，不要想从
春天的岛屿上突围，——它是囚禁眼睛的监狱

法国梧桐

他笔下的这棵法国梧桐可能早已不在人世

连生而为人都有很多荒谬的不确定性

他是从手中这支钢笔的喉部引申到一棵

梧桐的喉部，他认为这二者都是会说话的

梧桐生长在遥远的山村中学教室的最北角

它霸道地把夏天的阳光挟持在树顶

这让许多小女生愿意到树下撩起性感的裙摆

而他只能在下风口吞咽这份青春的体味

那时没有人关注他，他只是其貌不扬的

穷小子，最多的时候他的抽屉里藏有 13 封

永远投递不出的信，后来他知道 13 是个

不吉利的数字，那个暗恋已久的女孩像一个

过早陨落的小星体，好在再后来他的注意力

被名词梧桐的某一前缀所转移，他开始

知道茶花女玛格丽特的爱情，那也是一朵

不吉的欧洲之花，从此他有理由无须为贫穷

和肮脏忏悔，他曾很长一段时间被疥疮的

热情所误导，直到推演出自己也是一棵

法国梧桐，躯干和枝丫上灰白的斑点只是

光阴的印戳，他才从灰暗的文身中还原出来

牵牛花

它让我倍感回想的喜悦，让我想起那年夏天
白沙河堤上的九只小白鸭，"九"不是
一个轻浮的数字，九岁那年我才把这种
遍地生长的喇叭一样的小花当成迟来的馈赠
它让一个放鸭女孩额上重新洋溢起青瓷之光
那时它的演唱会正在田头地角上举行
美丽的皱褶裙扬起轻快的咏叹调：装饰
世界的闷热，单调，无所事事。而这并不是
那个夏天所想要的。那个同样是九岁的
小女孩刚刚失去年轻的母亲，我得以陪着她
采摘这些无处不在的花，混色，蓝花，紫花
桃红，把它们编成安抚灵魂的彩冠
让它们在经幡飘起的土丘上删减悲伤
九只懂得珍重主人的白鸭是一群好白鸭
它们从水草中抬头倾听，体贴的举止使
少年的心房律动绵延给村庄，远山，河流
彼时四野安静如神灵祭礼，令懵懂变得

庄重，令青葱岁月拥有不为人知之美

许多年过去，这样的场景已经不复人知

我也早已记不起她的名字，但并不妨碍

用牵牛花为她命名 ——一个九岁的放鸭女孩

秋天的一天

女人一大早就在拆被罩，昨天我就在一首

隐喻的诗里用到"一大早"这个词

不这么叙述好像总感觉虚度时光

她首先把我赶起床，接着是三个孩子

她埋怨他们什么也干不了，像一个诗人

她要赶在大片的蝴蝶停飞前完成拆洗

就像农民赶在霜降前完成对北方的收割

接着她开始擦厨房，她说秋天了，要让

厨具蓄得住粮食上的记忆，还呵斥

在地上跟踪脚印的猫咪，老实地坐回窝里去

中途她还把四片蓝色的药丸咽进嘴里

试图不让季节性皮炎引发的瘙痒停下工作

从她满足的表情像在吞咽歌剧里的休止符

（她说晚上听到瘙痒在小腹上琴键一样跳动）

趁着忙她的小儿子会偷拿橡木柜高层的

糖果，这往往会摔碎某个精心装插的花瓶

小家伙通常在这时叫她小蕊姑姑

这是预防挨揍的经验——学她娘家的

侄子们的称呼。这些碎片构成不朽的一天

进入十月她就喜欢擦洗，喜欢埋怨

除非在她坐到画框前，画画布上的秋天

才会安静地呈现一个三十多岁女人的全新版本

一把椅子

我坐在一片博爱的森林上，我已经有二十天

没有接近这个城市公园几棵挂名炫耀的树

我必须通过身下的椅子找到早上九点钟的旷野

才会看到头戴金首饰的阳光在新鲜的鸟鸣中

穿梭，我要学会在椅子的脉络上旅行，它们

是制造绿色素的大师，我能从阳光中得到什么

我沿着它们走向山谷，感受鼹鼠的求爱声

并认为这比楼下任何鸟叫都能促进我的腺素

如果椅壁上沿有一个浅黑色的小疔疤，我会准确

判断这是最近梦到的某个女性脸上的美人痣

这样的指认不能公开，妻子此时就坐在旁边

我会在两顿饭的时候碰上她——

一个花鸟画家，画椅子是对她身份的拉低

这是一把瘦椅子，我经常摸索它光洁的身子

结实的形体让我记起它来自非洲的红胡桃家族

我的座位底下每天奔跑着一片热带雨林

我挥霍着赤道上空的氧气，巨蚰的咝咝声

听起来无比敞亮，我的诗歌已经很多年

没有和这块开朗的土地建交，感谢椅子

它的努力为我的穴居生活输送尊严，如果我的

诗歌组建一个部落，它让我看起来更像一个酋长

十二月

至此，我至少不是一只不可以语冰的
夏虫，过去我从来没有过这样自得的
清晰，没有这样字正腔圆的有声表达

没有。但如果时间推进至十二月，表明
我年过四十岁，就必须记述这一年的
平庸卑俗，至少将其中三例置换成文字

当我把贫困当成亡命相交的朋友，就不再
怀疑母爱。孤独，相依为伴，鸡汤
是母亲提供给我的关键词，而轻佻地把对
女人的赞抛给我的肉身，是每个路遇的人

这其中就有这位朋友，他告诉我：他珍爱的
妻子趴在别人的窗户上摆弄花盆，他痛不欲生
但良好的教养并没有让我泄露能够平衡他的
情绪的生活经验，或许我同样需要这种倾诉

请原谅最后一例讲述多占一行。过去二十年，一位
在每一个节日给我发来庸俗祝福短信的中年男人
决定愧疚地停下这种骚扰。我在他逝世的前两周
离开了那个小县城，离开了那把合格的金属轮椅
那时妹妹正推着它丈量着那座富丽堂皇的大医院

或许这样的纪事体例还不够完美，因为现在刚六月
朋友们正为一个投江的古人举行雅集，我祈祷接下来
半年之久，我的这些笨拙的文字因为体面到此为止

致麻雀
——兼致杨红南

一位朋友凌晨三点给我发短信，让我写一写
麻雀，这是一个我从未见过正常死亡的名词
它让我的悲悯无处安放。你一定得写写它
"它在我家卷闸门内'日夜兼程'地筑巢
而我每天都在做着'拆迁'的事！"讲述这些时
这个哈工大的工程师像个茫然无措的信徒
他不知道他所倾诉的对象是另一个"拆迁者"
我曾仇视所有叫我"麻雀"的人，特别是那个
给我起绰号的惯爱从房梁上偷看女人胸口的瓦匠
他总是弹我的裤裆叫我小麻雀，我因此痛恨
这些灰色的同类，是它们让我的世界遭受
童话屏蔽，并坚决用拼音取代和它们
在一切课本上的相遇，用弹弓叫停它们的翅膀
让它们的子女从麻栗色的卵壳里——早产！
我套用四害理论替自己在父亲的相框前辩护
母亲说我是一条生下来就把春天的奶头
咬得生痛的蛇，没有一个胸脯饱满的

母亲会这样形容她的孩子，除非她看到我

熟练地使用粘网，熟练地拔毛，开膛

去内脏，上火烧烤。我干着镇上张屠夫干的事

我举着一把童年的剔骨刀，现在我把这些

记录下来，仿佛向刀上的斑斑锈迹做一次告解

加油站

一辆车开过来，停下，开走。另一辆车开过来
停下，开走。接下来我们在跟踪这个程序
没有人怀疑油站的地下操守，就像呼吸困难的
驴友走进吸氧站，管道里输出的气体或者液体
都可以拯救一个人或者一辆车的一生
行走中的际遇注定如此。也没有人知道"我们"
曾经是熟稔的两个人，如果时光倒退十五年
你会在副驾驶座为我放一盒忠贞的巧克力
如果场景倒退十公里，你正从城市中心一间
专属车库拧动爱车的钥匙，马达在背诵你
喜欢的撞击乐，而我正从一首凌晨五点中的
诗歌出发，身上裹有浓厚的香烟味，我们被
起点不同的路口吐出来，可能第一次在这里
获取供给，你在98号加油桩，我在92号加油桩
我们分别选择相信两个身穿制服的女人
相信来自油管输出的黑暗料理，然后你走北新路
我走四季桥，无人去想不可预测的前程，去想

我们曾经认识，从同一个油站出发，注意油站旁

同一块禁止违章超车的警示牌。那又能怎样

我们每天都在遵循既定秩序，每天被送往

道路的任何一端，从没有想到说一句：嗨，你好

大城市

亚麻色的窗帘拉开后，他将会收起喉结里的
磁性部分，不要让阳光在身体上留下桃色的题词
不要激活那些老死的建筑，和一条哈巴狗
的对视也可能蕴藏巨大风险，要把这些经验
毫无保留地传授给两个女儿，她们一个
十二，一个十四岁，必须当嫁妆传给她们
要学会在一个大城市中规中矩地生活
如果有彩色的裙子，最好让它们束之高阁
像她们父亲那些天真，沮丧的诗歌
在写成之后，就以高冷的品格结束一生
他们不在这辆巨大的彩车当中，没有人向他
和他未成年的漂亮的女儿们示爱，他们不在
这样的流行语当中，每一个公众入口处的
红地毯都是严肃的，与城市的气质完美
相称，这里有 1000 座天桥和 500 个十字路口
不要为找不到二分之一条通往碧环村的路
而心生不安，时钟不会止于夜色，要知道
她们的奶奶，仍然生活在客厅的地图上就行

记一条花黑狗

现在他已经很少在田野上看到那种花色的狗
以前父亲出门理发，它和他会一前一后扮好跟班
它是一条花黑狗，它会挡住所有来自其他狗的
辱骂，当时它在碧环村有着赫赫有名的声誉
超过理发师和他的儿子，它愿意为这对父子
巡逻种植着苦胆的土地，愿意在没有围墙的家
打理好开放的院子，这个在别人眼中被拉低的
小角色成了他们信仰的家神，这意味着已经取代
爷爷供奉在神龛上的一块刻有打龙鞭的神木
当然那里同时还供奉着三枚山鸡的彩翎
那是记录它从一个深不见底的黑夜——黑夜是
饥饿最可靠的遮羞布——捕捉回来的礼物
它还在这样黯淡的生活里领回被理发师送出
十里山路的妹妹，那一刻所有的星星都能听到
母亲孩子般的又哭又笑。它和他是忠诚的兄弟
陪他一起以汗水为食，陪他在月黑风高的
夜晚多愁善感。在它十二岁高寿的那一年他去了

新鲜的北方，当他们再次相聚，它已经把自己

镶嵌在山坳的阳光里，除了风在放牧满山

欢愉的狗尾巴草，它眼中柔软的记忆已经关闭

来自蚂蚁的神谕

如果我看起来慈祥，那是因为我老之将至
就如现在，在暴雨来临前为一群蚂蚁让路
有兴趣从一株蓖麻上捉下一条菜青虫
作为投名状送到蚂蚁洞口，这让我有理由
观摩它们，学习它们列队，行进，集结
井然有序。这是一群有信仰的蚂蚁——
它们没有乳房。我曾经认为那种白花花的
胶状物是所有欲望隆起的根源，这群黑色的
甲士符合无欲则刚的原则，在生物界只有
少数种族能让雷声变得空洞，让闪电变得绵软
此时我渴望成为它们，即使大雨已经像上帝
的马达一样轰隆隆的开过来，那就向上帝
开战吧，它们用高举的触须书写
战地诗篇，它们是大力神夸娥氏的后裔
在它们祖国，每一个英雄都被当成堂吉诃德
来歌颂，它们将唤醒我沉沦已久的元气
让原来的生活归零，也将是这个秋天

我所获得的最高奖赏，当最后一只蚂蚁消失在

高于一切水面的洞口，路上已经看不见任何人

瓢泼的雨水正在让地球成为我一个人的领土

给我的蜜蜂朋友

看到工蜂把自己挂在蜂巢上随处可见，就好像

看到工人把他们挂在城市的墙上一样随处可见

我的画笔在任意角度都可以书写它们

这对阅蜂无数的我是一次相对轻松的演习

我们在三十年前就是朋友，我吹口哨的低音部

就是来自对蜜蜂的模仿，那时的碧环村

只有它们能获取我的尊重，我们拥挤在同一块

土地上，难免多数时候会狭路相逢，那时

我正把自己当堂吉诃德来培养，我玩弹弓和蛇

和流浪的马戏团里的小龙套逞勇斗狠

而且天生就是一个情种，正如我天生就是

一个爱慕虚荣的人，幻想女孩子们向自己

脱帽致敬，我像一个英雄一样和蜂群嬉闹

好让它们放开辫子下正在成长的蓬勃的体味

我把鼻青脸肿当成透明的能够分辨蓝色

毛细血管的小乳房当众炫耀，尽管父亲事后

会补充我一个更为糟糕的结局，但不影响

在某个时候能分得一小指头的蜂蜜作为奖赏

也不影响它们回到蜂巢里继续整饬队伍

我们像春天一样刺激对方的小性腺

并且从不可惜这些成长中派生的费用

我们庆幸这种内战式的友谊，这让我每一次

回碧环村都有战地重游的荣耀，所有这些

后来仅从母亲邮寄的枣花蜜里才能阅读

而我彼时才会遗憾从未为这份记忆支付过账单

一口老井

父亲告诉我，碧环村是先有老井，才有碧环村
老井比伟大的公鸡醒得还早，它在凌晨
派送礼物，保证每天的第一桶水走进村里
最勤劳的人家。老井是每个人的老井
寡居的母亲喜欢带上我在傍晚的井台洗涮忧伤
洗浴的男人们会在肥皂泡里搓弄透明的身体
这让小骑士一样的我极为反感，却无法阻止
和井水对抗的快乐。老井是一位高超的魔术师
无论多么绚烂的云彩也会在井口上空叫停
孩子们喝上一嘴就能尝到天空的味道。更好的
游戏是在夏天的晚上，成群的萤火虫从井底升起
无数玫红、小巧的乳晕突然在田野上盛开
我会把这些美妙的无焰之火装进梦境
而多数时候，我沉浸在无人分享的秘密中
我想老井是能直达大海的，这个发现让我
不再抱怨，当我和某个玫红色的女孩坐在井边
我会想此时正坐在海边，田间飞过的白鹭

像多情的海鸥在阅读女孩的长发，这些撑起

我整个少年的篇章，后来自来水登堂入室

老井只在为逝者取水诵经时才会获得片刻热闹

这是去世的人取回寄存在井里的影像，并由此谢幕

一只苹果

我不是苹果，我不知道苹果是被利牙加身痛苦
还是自行烂掉痛苦，我对这种痛苦一无所知
苹果是从一边开始腐烂的，从另一边平视过去
这是一个完整，漂亮，情欲饱满的红富士苹果
我冲动得想从身后捉住我的女人一样捉住它
从这一刻起我开始迷恋它曾经的完美样子
即使另一面的身体已经腐烂，我的眼睛也会把它
缝合成一个完整的红苹果，就像它从篮子里
刚进到我家，就像从水果摊刚进到篮子里
就像从树上刚进到水果摊，就像刚刚在树上
它正像一个结实，骄傲的乳房一样挂在那里
我能轻易地想象出它高高挂着的骄傲，这是一个
十八岁女孩的骄傲，它曾经赋予苹果园里所有
为人津津乐道的爱情，直到从树上进到水果摊
从水果摊进到篮子，从篮子进到我家，从星期一
进到星期六，它已经腐烂了一半，另一半
仍将继续腐烂，我的女人会把它扔进垃圾袋

并让女儿把它和发霉的面包，干枯的玫瑰扔进楼下的垃圾桶，我会很快忘掉它，短短六天能让我们忘记的事物太多，即使它们曾经是如此美好

石榴树

是先有了石榴树，还是先有了我懵懂的少年时光
我更愿意相信先有前者，如果我去回忆它
每一次回忆都会出现新的引申义，我对它的交谊
可以拿一片微小到已经被它删除掉的落叶
做试纸，多少年过去了，无论南方北方
只要看到石榴树，我都会当成我家的那棵石榴树
从而回忆起它在落日下的美好样子，回忆起
一个在石榴树下小解的女人，那时我正放学回家
她在挂着红灯笼的树下看我，她看着我笑了一下
看着我肩挎的小书包笑了一下，她笑起来的
牙齿真修辞，像石榴里包裹着的隐喻

不过这只是事后联想，我只记得她从容地系起裤子
从容地走进暮色中，那是江南初秋的傍晚
农作的人们还未回家，炊烟还未茁壮升起
所有的事物都在这将黑未黑的时光中等待停靠
像我少年的脑海中，等待停靠的前所未有的空白

玫瑰刺

如果哪一天我对明天产生抵触，并厌恶阳光
我会选择用玫瑰刺做我的终结者，它的坚硬
精工，细腻，和老到的绛红色，多么投合
我时隐时现的喉结，我像一只鼹鼠一样
行走城市多年，如果我厌恶了说：你好！
吃饭了吗？再见！我要喉结居心何在
我会适时想到玫瑰刺，在一个和谐的城市
只有它拥有刺穿我的经验，我必须找一个熟手
花花世界的熟手，它会像针灸一样穿过我的喉咙
它会熟练到像分开女人的双腿分开我的
软骨，原本以为男性的喉结比女性的坚硬
其实只是更大的软骨，软，多么柔美的汉字
成就了一枚玫瑰刺的光辉，它的锋芒
盖过玫瑰花，后者只是为买卖春天的人
涂上俗艳的花粉，它带着我的声音走向地下
那里有为声音特设的收容所，正在我为自己
将成为首位以玫瑰刺殉道的人而欣喜，一位穿戴
严谨的看守以上帝休息为由拒绝为我办理
入住手续，这让我节约了一次程序浪漫的花式死亡

喜鹊之死

这是一条安静的胡同，胡同里埋伏着许多
安静的青石板，成人的世界总是需要这样的安静
这时，任何一种声音进入都是对安静的背叛
我的眼睛和猫的眼睛都希望如此，猫是现实
世界最为高效的狙击手，我们同时在看一只喜鹊
看它在啄某个孩子上学时丢过来的馒头片
它吃得很专心，专心到我们能读懂它的喙
振动时表达出的虔诚，猫在往前移动
我的眼睛跟着往前移动，三米的距离很漫长
三米到一米的距离比这个古老世界的秩序还漫长
终于，猫照常践行了它的高效，在这电光火石之间
我懊恼地闭上了眼睛，就像我在生活中经常这样
闭上眼睛，而原本作出改变，仅仅需要
发出一点点对这个安静的世界略有预警的声音

老槐树

这是一棵老槐树，我看到它时所有其他的树

自动退位为配角，槐树皮被人拦腰割去

露出一圈白生生的肉，这是一种白绫

一样的白，而不是白绷带一样的白

古代帝王常把这种白赐给获罪的妃子或者臣子

我也因此知道万物的许多痛原来就是白色的

也因此在看到老槐树的腰时我的腰也大吃一惊

好像我也被割了一刀，站在太阳下都觉得

冷飕飕的，或许太阳下的冷才是真的冷

老槐树这一刀看上去挨了两年之久，也痛了

两年之久，原先越是枝叶显赫的部分

现在越是败得悄无声息，败得没有了一片叶子

反而是一些毫不起眼的细枝末节，被春风

一吹，又长出一簇一簇的新热闹来，这让我

想起了《红楼梦》里的贾府和刘姥姥

贾府的大厦已倾时，刘姥姥家还活得很有奔头

河

把一条溪叙述成一条河几乎没有任何不适

柳树的倒影穿梭在鱼群中，并没有柳树

情人的气息荡漾于水面，而她已远嫁

滑行的雨燕止于溪心交配的昆虫，如今是冬天

所有事物的缺席都不影响我用词的清晰

热爱它从我的键盘，轻缓流出流到微小的

波光。波光在倾城的想象中膨胀

直到滔天巨浪，我仍无法检索它的名字

因为它无名，当我知晓它的卑微

还要领受它的卑微，是同在低处的交融

它是一条排位最末的小溪，我的童年却如

夏洪丰盛，贫瘠的岸边灌木稀疏

篝火同样照见鱼脸，徐迁的溪流回声空洞

却能让我获取远方，不系一条锚绳的小溪

在我心里养风帆千张万张，它已成河

虽不是眼前这条称黄河的名河，但我仍愿

它们交集，我恭对模糊于水中的人影稽首

小溪兄别来无恙，除了北风拍岸，别无回应

云彩站在高处

写低处的诗，写一个女人和三个孩子，他们

行走在北方的北面，记得不要谈到骄傲

他们不在一小撮骄傲的人当中

万家灯火升起，他们只是其中一盏

他们很容易受到惊吓，一个女人和三个孩子

任何风吹草动都不适合出现在清晨的阳台

那里永远挂着一件惹眼的男式格子大衣

他们有一个为生计经常出差的男人

他们不在梁上的君子研究的对象当中

不要谈到月亮和流星，他们中一个画商业画

三个在练习口语——他们只被允许在高耸的

课本上歌唱，"小红帽"早已离开了童年的花园

也不要谈到天气和大雪，大雪使人向善

要多善的人才会配得上幸福的结局

晚归的白鸽飞过楼顶，他们家点灯的人

是一个诗人，云彩站在高处，他在低处写诗

三叶草

爱人允许我梦见三叶草，她认为比梦见三个女人

更是男人的美德，因此我可以由着性子

热爱这种植物，一开始它把我带回中学生时代

我梦见三叶草诗社，这总比梦见初恋要圣洁

它是我精心培植的三颗太阳，直接温暖了

我蓬勃得有些早的身体，它开白色和红色的小花

我想白色和红色的少女，这些鲜为人知的事

将永远不为人知，它大面积地走进我

让我感知大面积的幸福，这是胃和眼睛的幸福

也同时让我获得灵感，我开始从一切圆的绿色的

事物上得到诗的暗示，譬如女孩子的荷叶裙

多数时候我会让这种联想从荷叶裙下走得更远

有时会把梦走完，直到完成月亮和太阳的衔接

直到它忍着分娩的痛楚，长出第四片叶子

这是痛的延伸，也是为我的成人祭献出的四维世界

罗布麻

我选择在一年之后，趁春色疲惫的静夜来写它
是认为需要一个近似于《史记》中列传
一样的写作氛围，才能更为恰当地讲述它
也只有这样我才能由它联想到罗敷，罗布泊
甚至我的女同学罗君，我对它的稚嫩认知
也会在这样的联想中逐渐鲜绿起来，就像眼前
不时浮动着的，它那些结对而生的绿叶子
我会先用双生的羽翅比喻它们，而把羊角辫般的
拟人，留给学生时代的罗君，她的辫子一甩
就会把整条石板街的阳光，都甩进我的眼睛
我还记得那些紫红色，粉红色的花冠是手摇铃状的
它们因为时季不同，会孕育出各种质地的声音
这其中古典的发自罗敷，现代的发自罗君
我还从"紫绮为上襦"的乐府诗句中获得暗示
直接把它紫色的茎干演义成罗敷的上衣
它，叫罗布麻。当然，如果我还没有记述清楚
也请你在偶遇时友善地把它当作罗敷，或者罗君
而我始终没有将它同罗布泊类比，那是因为相比
因盐碱死亡的罗布泊，它仍然在盐碱中漂亮地活着

石棺

咏物总比咏人安全，咏石棺总比咏
蜜蜂和蝙蝠安全，石棺不会蜇人
恐怕也不会传染人。这是一副有着
不同寻常来头的石棺材，看坐落的位置
就能知道，曾经应该拥有风光无限的棺材人生
它的落位，比所有水库边的钓点落位还要好
好得自生风姿威仪，甚至每个钓鱼的人
都要向它行注目礼，并自觉和它保持距离
以此来彰显敬畏之心。不过现在很少有人
愿意去关心一口石棺材了，何况它
仅仅是一口和水库上的许多其他石头
有着相同血统的空棺材，他们甚至更愿意
去关心一条青鱼，或者一条黄鳝，也比去关心
一副空棺材要实际得多。此刻我把它写下来
也只是因为它和渔获有关，就在刚才
一位大不敬的钓友，从石棺材的淤泥里
钓出了一条通体金黄，一看就出身高贵的
大黄鳝，并把它拍成快手，在网上告之于世

飞来的种子

我和它，它们，是一组同谋者，黄河口是我们

筹划已久的接头地，我们以不同的方言

为主要暗号，并约定区分方言中的平声和入声

以此来强化加入"我们一族"的仪式和庄重

我们让每一个输送我们的省，都得到古道

热肠般的敬重，无论是遥远的青海，四川

甘肃，宁夏，内蒙古，还是陕西，山西，河南

这条线上所有的原点和驿站，我们都会像

热爱山东一样热爱它们。当然，更不能忘记

父母开花结果时的样子，要时常练习开花

并要时常练习结果，要洞察绿色世界的生存秩序

特别是黄河口的生存秩序，这会让我们

更加对接地气，也会因此更加深得人心

我们中的每一粒，都要像土生土长的一粒

融入这里，像黄河口的人类融入这里

在等待约定时间的到来，就立刻废除暗号中的

方言部分，废除暗号，统一用春天的声音起事

水库

我的童年被埋藏在水库下，如果开口说话
气泡就是我的语言，天空能读懂的时候
天空就把影子投下来，让飞鸟和云彩成为
水鸟和水彩，少女能读懂的时候，会褪掉衣衫
把春笋一样的身体投入水中，她轻轻地一划
水里就生长着春天一样多情的信息，我在水库的
脸谱上发布言论，这里是鱼族思想的自由港口
也是身体的自由港口，它记录了我作为鱼的
成功史，我在水中铺张地生活，把每一株水草
编为侍卫，让所有的鱼叉和渔网成为人间遗像
我命令一切进入水中的光都必须是折射光
这会让水族受到最少的伤害，这里遍处都是
透明和公开的，没有腹部以下的私欲
那些都是水面上的事情，就连木质的船桨
也要倾斜着划，它们必须轻到不能惊醒每一个梦
鱼族的梦只能被阳光自然唤醒，就像5月20日
早上的阳光，轻轻把我从这个巨大的水坑拉出来

除虫菊

我为由一只蝴蝶引起对除虫菊的关注而愧疚

相识多年，虽然曾经把它当成凡·高《向日葵》

的母本，虽然明知不是，它就是一只蝴蝶

太阳打在它的脸上，太阳败下阵来

宝石只有击败外来的光才会发出真正的光

它并不是宝石，它只是一株除虫菊

我无视它多年，我曾经那么想要一个妹妹

它用多年前清澈的眼神拥抱我，我的小妹妹

它张开春天的小手拥抱我，无数只手像千手观音

我再次为不能匹配的春天倍感愧疚，五月的风

骄傲地吹来，它骄傲地为我张开花瓣

白色的红色的花瓣，像妹妹的白头绳红头绳

它在田地里小跑，别的小女孩就停了下来

别的花也停了下来，但它跑不出童年的眼睛

虽说我知道远在乞力马扎罗山都有它的姐姐

它是世界的妹妹，但我不管这些

我的小妹妹，母亲的养女，它有四个哥哥

一起相拥于山野的四个哥哥，我们一起饲养身边

这块土地，离开碧环村都太抽象，乞力马扎罗

太抽象，我要把它刻在中国这个小村

我捡起一小块石头，当我写下除虫二字

所有的菊花都开了，像彼时无处不在的蝴蝶

老城墙

老城墙在我的眼睛上面，我是一个眼高于天

的人，老城墙在天的上面，我从不敢僭越

城墙上有变幻的大王旗，有多少旗就有

多少空洞，相比于城墙上的士兵来说

我选择忽略这些空洞，一块砖就是一个士兵

一块砖抄袭另一块砖就抄袭成了这座城墙

我第一次尊重抄袭，它给了五千年士兵相同的品质

像一块砖一样极简生活，像一块砖一样爱一个国

我不敢践踏这样的砖，士兵的灵魂宿在上面

城墙上有很多垛口，它们的开口向上，它们是

真正的天窗，它们对着星宿说亮堂的地球话

星宿就有了怀人之心，星宿就把眼光停驻在

长城上，这世界上最长最长的城墙，竖起来就是

一条通往天堂的阶梯，能带来人间最好的祭祀

春天来了，花朵会开在阶梯上，秋天来了

浆果会结在阶梯上，这是一条花团锦簇的天路

所有的城墙都汇集到这里，像河水汇进海里

我从这些城墙下经过，像一条洄游的鱼

偶尔落下来的花和浆果，钓饵一样提醒我

曾经也是城墙上的一个士兵，并请求立即归队

进终南山

登每一座山都让我感到饥饿，直到登终南山

就像小时候读每一本书都感到饥饿，直到

读《西游记》，终南山是我的《西游记》

我不出生在这里，我从一个遥远的有着巨大

海平面的东部小城来，一路向西，符合人往高处走

的生存秩序，我从大雁塔前经过，这里经过的

每一个四人组都是取经团队，终南山的核桃树上

住着许多这样的团队，一棵核桃树就是一座寺庙

上面的核桃已经被剃度，它们光着头颅在静修

我够不上剃度的资格，我读到的内容

和核桃读到的不同，一条从山路上生长出来的

狗就是一位虔诚的引路人，我不该关注它

硕大的阴囊，也不该把莲花峰颀长的石头

读成正在出浴的少女，多么象形都不是

进一座"天下修道，终南为冠"的名山，需要做

同山匹配的事情，同不惑的年龄匹配的事情

要把驮着眼睛满山奔跑的色彩归纳成石头的白

和泥土的黑，黑白才能给庸常标注真实的态度
要正确对待寺庙下心无旁骛地接吻的年轻人
即使他们由此引申到繁殖，也不会成为影响
归隐和修行的语境，《西游记》中的成道之妖
就不比人类缺少爱人，想到这里我节制住
自己的参悟，对着清澈的溪水拍了一张照片
我的影子落在照片上的水中，像一条得道的鱼
正从终南山湿漉漉地游回我所来的海滨城市中去

芦苇

我不能像情场老手写一封轻车熟路的爱情给它
这蒹葭里的葭，尽管它留驻在我眼里已久
它先于我抵达任意一处水域，远在父母
还没有生养我之前，它就在一部诗集中
受到尊重，我嗅到了具象的气息
它像一件用物一样走近我，也许是一枚芦笛
一件蓑衣，一条苇席，它褪尽一切繁华
素面待我，让我有了写好一首大诗的光明前景
我们互为彼此身心，并学会互相聆听
三千年后的今天有哪对情侣还能做到这一点
在我的诗中，我习惯以象形文字来叙述它
一根能接收到所有男低音的天线
它的叶子上藏有一个民族声乐的开关
其中的高音区会从这一个冬天延伸到下一个
冬天，它的花穗很白，承包了赤道附近
广泛的雪意，它在滩涂，湖泊，沟渠建立起
一个新秩序，而我成为人类中最大的受益者
领到了由这一秩序颁发的年限为永生的身份证

红花刺槐

我为拍一张照片而做贼心虚，我拍了两张
它像一尊站在油画室里的完美女性裸模
我的眼睛贪婪得像占领一个久未找到的
失物一样占领它，我一度忽略了物我之间
互不干扰的固有秩序，也忽略了它是一个
来自美洲的外来物种，我能听懂花叶间的
美式发音，它向所有的枝干分配花瓣
一串玫瑰色的火焰就是一串对太阳的致敬
我很期待接受这种温暖的腐蚀，把相机的
焦距调到最精确，直到可以毫无困难地
照出花瓣上纤细的花毛上的欢叫，它们正在
刺激夏天的耳鼓，抽象的夏天就是它们的
它在季节的每一寸地图上驻扎鲜绿
和玫红色的野心，女性的野心可以改变
一场战争，美女，更是当量最大的烈性弹药
这样的比喻看起来很荒唐，但它却在
这个燥热的下午，毫不费力地俘虏了我

俘虏是我此刻最为尊重的暴力动词

我感谢它的加持，让我的身心在慵懒的空虚里

被一种独一无二的方式解救，和一场战争无关

东方白鹳

在绚烂的江南老家，我从没有见过这样的大鸟
从没有想过"绚烂"这个词会从一只鸟身上
重拾回来，直到在东营黄河口，我看到
一只，两只，然后是一群这样的绚烂
连鸟巢都是绚烂的，这让我得以从容地和我的
遥远原乡进行概念切换，和 1980 年代的母亲
母亲丰大而迷人的乳房进行切换，我的童年
被养育在那里。她们有节制的一夫一妻式的爱恋
又让我为过早失去配偶的母亲而倍感悲伤

我完全陷入这种专一，绵密的爱中
并且毫不费力地用"她们"来指代它们
这或许属于我个体的"恋她行为"，因而能轻易地
从她们羽毛上的纯白延伸到故乡幕阜山上云朵们的
纯白，又能从她们长腿上的嫣红，对应小妹
嘴唇和鼻尖尖上的嫣红，我为把她们等同于
母亲、妹妹，和安放着父亲的幕阜山而没有丝毫
羞愧和不安。当她们坐在云上观礼，立在水边抒情

当她们从黄河迁向长江，迁向长江之南

我又会生出作为家人所应有的欢喜和担忧

我们相遇在春天某一处向阳的滩涂上

因此有理由相信今后的图景都将是向阳的

我还将签署一篇备忘录：承诺在未来的诗歌中

可以无限制地为她们使用关于美好的形容词

北方的大蒜

看到它们时，我就庄重得有写传的义务

就像永远有为年轻的女孩们行注目礼的义务

我原本以为它们只是在南方，只是在

修水县，在全丰镇的碧环村，在我家屋后

和那里所有人家的屋后，一小垄一小垄的

菜地上，和我一样有着"大"字的辈分

只有那里的泥土的黄和天空的蓝，才配生养出

这样绿的绿孩子，才符合春天的调色规则

从没想到能在北方的平原遇到它们，而且是

很容易就能遇上的，它们大面积地聚集在一起

不散漫，不拥挤，不打闹，仿佛节日广场上

高唱国歌的孩子，它们整齐划一地仰望着

正在劳作着的农民，一位绿色的抒情人

就像望着一个祥和，激昂的领袖，如此端庄

盛大的场面，好像除了悄无声息地

疯长着的绿，整个北方大地，空无一物

渡船

火命对水命的渴望，如同男性对女性的渴望

我是火命，因此喜欢一切向水而生的事物

这其中最喜欢渡船，《边城》里翠翠的爷爷

就有这样一艘渡船，我想自己也是一个这样的艄公

人和财产都在渡船里，船上要竖有一张不大不小的

布帆，像我的一页不长不短的诗，过往的鸟族

和水族轻易都能看得懂，当然不能是情诗

渡口是分分离离的所在，太重的人间情事

会让河水派生出许多皱纹，会派生出许多大风大浪

这将违背一个艄公的初衷。渡船上还应该有一根

撑船的长篙，帮助我咬住流水的节拍

每一次把篙抽出水面，都会有一个调皮的漩涡

把岸上的光阴漩进水里，有人对着漩涡

扔过去一块石头，瞬间就会让整条河的阴影

亮堂起来，这样的戏码是一个有着文艺情怀的

艄公所需要的，更为重要的是渡船必须

往返于一条深不及腰的河道里，从不会有

溺水而亡的孩子，和投水而逝的女人

渡船在与不在，人们都会轻松到达，当他们回过

头来，才知道刚才河水中擦肩而过的人就是自己

荷塘

我的荷塘生长了许多小插曲，月光下的蛙鸣

只是某一插曲的一部分，放入荷塘中的小纸船

也只是某一插曲的一部分，我的荷塘很浅

父亲的渔船划不进去，对我而言又很深

母亲叠的小纸船就得以在荷塘里四处飘游

风吹纸帆的声音会让深处的荷花不再孤单

有时候会遭遇一条水蛇，它是荷塘自己培养的

花旦，荷塘里许多生动的戏份都由它呈现

它还负责某些插曲的神秘部分，就像小纸船里

安放的许多神秘，纸船所到之处这些神秘

会逐渐解锁，荷塘从不会流行昨天的新鲜事

一只青蛙从一片荷叶跳到另一片荷叶

一只蜻蜓从一朵荷花飞到另一朵荷花

荷塘里发生的小插曲就会复制无数张备份

我也会得到这些备份，并因此确信只有荷塘边的

童年才是童年，早已被填平的荷塘让这首诗

来得有些晚，直到小纸船从四十年前的时光中

苏醒过来，直到它把许许多多的小插曲

逐一还原，并符合它们诞生时不被篡改的

荷塘原貌，真实地坐落到 1980 年代的碧环村口

红柳

任意一个季节来到黄河入海口，它都不应

成为亮点，是我把自己作成一个唐突的发布者

第一眼发现它时，我就预谋为它勾勒一幅素描

这是一株身高和谦卑成正比的灌木，如果把

大海比作都市，我肯定在城郊接合部某个菜市场

或出租屋边上看到过它。要抵达它的声音

首先要放低你的头颅，略过你面前的一万顷大海

和海上有着完美飞行技巧的翅膀，你才能真正

抵达，抵达这细瘦的枝干，细碎的花和叶

我在某一瞬间为它的弱小感到揪心，在巨大的

蓝色板块面前，作为一个有备而来的观光客

都会感到一种突如其来的冷，或者恐惧

但当我的眼睛聚焦于它的红——红棕色的肢体

细细密密的红紫色花朵，又会释然于我的忧虑

它让我想起北方红狐，一只汉文化灵感之源的精灵

因此，在我决心低下身来时，它就注定不会被遗忘

也许我的叙述太过偏爱，但态度是恳挚的

假如有别的诗人去到黄河入海口，我甚至会担心

他/她将会为其消费掉一个眼神，我已经有了嫉妒了

虽然相比其他被赞美者，它可能并不是一种

值得去拔高的生物。在盐碱遍布的大海边生存

或许仅仅是为了比大海拥有高一厘米的呼吸位置

早上的松林

他还有很多事情要做，他不能像一个诗人那样

总是守着浅薄的窗户，公园里豢养的松林

已经很久没有得到关注，那些每天负责把鸟声提到

林子里的叔叔——他的孩子的爷爷们，是否会在

晨光照耀下的现场，准时收割动态模糊的影子

上周三的一只唢呐和几声有气无力的哭喊

但愿与他们每个人无关，石凳上一个有着铁黑色

隐喻的收音机正在播报一则快讯，一对二战中

失散的姐妹在昨天的镁光灯下回到了快乐的青少年

这对这个早晨来说，远比汽车喇叭挥霍的雄激素

和割草机的凶狠更有深意，他欣喜即将失聪的

耳朵在这一刻恢复活力：两位女性作为偏旁出现在

"姐妹"这一母体中，令他获得了为数不多的热情

孤独的母亲曾经教会他热爱所有形式的姐妹

像热爱所有形式的阳光，它们有着等同的重要性

在阳光下，所有的阴暗面都将获取即时死亡的通知

即使它是以抽打的姿态在做着暧昧的游戏

就如松林中正在同时抽打着三只陀螺的中年女人

虽然胸前和地上的陀螺同时享有颤动的快乐

却没有一根松针有越季降落的冲动，陀螺跑过

的场地，仍然留出一群老年的心脏所需要的质地

雨还在下

雨还在下，像小动物制造的一部喋喋不休的词典

南方新闻的插图里，蝴蝶仍然驮着它们的

翅膀在飞行，我们的二女儿也是一只蝴蝶

她头上的蝴蝶结，呈 45 度角向天空张开

她的小心脏，钻石的质地，每天执拗地

向光阴索取快乐，她不懂得在一个

严肃的冬天，每一滴雨都是带枪的猎人

地上的道路已经被追雨而坠的叶子铺满

这是它们为季节拼图做出的必要填充

也是留在地面之上的最后的荣耀

像这样对生存的放弃通常被定义为死亡美学

雨滴，蝴蝶，和落叶，都是被时光锻打的黏土

也不只是在冬季被讲述，它们在不同的角度

呈现新的意义，就像现在我所看到的

一个裹着浴巾的女人在大街上追逐他的情人

街的另一边有人正在送年轻的妻子往

殡仪馆的路上，这些画面的存在仅仅停泊在

口舌之间，没有人愿意别有用心编造所谓的

蝴蝶效应，它们的出现只是生活的一次普通拉练

不是警告：上帝在孩子练习本上的批示总是宽容的

父亲门

我往往在和大人的对弈中想起教我象棋的父亲

从八岁开始我就学习在父亲和门之间举棋不定

我不敢完全肯定能否把母亲卧室的门称作父亲

去世的父亲关闭了一扇门又为我们开启了另一扇门

如果这个命题成立，我就能天天见上父亲

我曾经把完善一个家的门比作一个长方形句号

颀长的父亲就是这个句号，它补全了独守空房的

年轻母亲的空白，也补全了作文本上的空白

从小学到大学需要多少个父亲出现，我的笔下

就会出现多少扇门的可亲形象，我还会通过

门的木纹追踪到活着的它在丛林中的生活路径

因而醒悟丛林法则就是我毕生要学习的法则

父亲和门的形象也会在此刻完全重叠

一棵树就是一扇门，我会把它写出青葱的枝叶来

那是父亲年轻的黑发，这位为乡亲理了一辈子头

的剃发匠，最终把自己的头发种植在山地里

多年来即使独对野外辽阔的黑发，因为这些

无处不在的门我并不会觉察独处的孤独，门是我

存在和延续的基因，我也因此有了门里的爱情和子女

他们都称我父亲，这是被赞誉生活的暗示，像光明富于

隐喻

百叶女孩

在白沙岭老街，只有一扇窗户发出手拉风琴

的音节，它被一棵法国梧桐的宽大叶片

所包容，只有年轻而幸运的触角才能检索到

它的低调和害羞，他曾为自己具备被选中的条件

彻夜无眠，这是一扇能听到阳光滴答的百叶窗

他满意用"阳光"来修饰窗页上的朱砂

窗户后面白如纸的女孩需要这份上帝的配给

她百合般光洁的生命将熄灭于一个叫白血病的

魔鬼之手，她是他的同桌，一个大声说出

就会飞走的名字，他们有一段带着密码体味的

交往，当他锁定用"百叶女孩"来称呼她才会获得

讲述上的轻松，那年成熟的冬枣并没有填补

另一半空荡荡的课桌抽屉，他必须像模拟一次

终考猜测阳光穿过她的窗户阅读到的答卷

首先肯定是四面白得咳嗽的墙，不然无法符合

一位天使提前结束对尘世的造访，墙上会有一幅

遭人嫉妒的俄罗斯风格的版画，这会和她

枕边的《静静的顿河》相般配，她曾经和他

在一条同样有着优秀品质的河边练习校对口型

临窗的书桌上会有一个橘色木质的收音机

他们在这个古老的山村少数能接收到的频段

听某个节目播放终止音乐，这往往是长途火车

到站前的萨克斯名曲《回家》，接下来他会在窗下

构思一颗年轻的流星划过的甜蜜而忧伤的弧线

他祈祷天宇中每十万分之一秒的推进

都能放慢到一个世纪，他们在慢下来的时光里

温暖读诗，像日后许多个百叶窗下沉睡的

夜晚，为的是温习一段生命对另一段生命的解锁

深夜的街道

你是一只鼹鼠，你只向深夜的街道投诚，那时

许多跋扈的光亮也已经寿终正寝，除了偶尔

有一辆车子疾驰而过，那或许是一辆救护车

虽然没有发出白天那种苛刻且严谨的声音

你还是为这种入眼的事物祈祷，街道刚刚被暴雨

洗得像马口鱼一样干净，这个比喻恰如其分地

把你推向十八年前，你的家乡有很多马口鱼

也有一条像这样干净的街道，你牵着一位

姑娘鱼鳍一样滑嫩的手招摇过市，你喜欢

在年轻的身体上发布原始的动态，而现在连

妻子也不愿往你跟前凑，她每晚都在

车水马龙的时间跳广场舞，她的动作像

母马的谎言一样婉转，你们已经很少在同一

时间装饰同一条街道，你对一切陌生的发现

守口如瓶，你明白这个世界已经不需要你

讲述太多，没有人对临街的百叶窗下

的亲吻感兴趣，你的注意力在一块

有着圆形苦恼的井盖上，你想塑造一桩幸福的

沉陷，但它并不打算为你的诉求改弦更张

再往前你会发现接二连三的井盖，像排扣一样

封锁地下的消息，它们让你深夜的漫步无功而返

观众您好

观众您好，我知道豢养在电影院广告栏里的
问候不是对我说的，所有我看见过的"您好"
都不是对我说的，我只是一个乡下小理发师的
第三个儿子，如果不是从小坐着父亲的剃头挑子
访问过那些不可一世的头颅，检票口的
两墩肉塔会把我当成衣领上的饭粒狠狠吞噬掉
我每天都在假想如果有一张电影票来加持
卑微的成长生活那该多么和谐，可惜圣诞老人
离微不足道的碧环村足有一个太平洋的距离
那时的电影院是一座生产兴奋剂的酒窖
（联想电影散场后那些两性的潮红让我
多年以后成为一个诗人），我总想制造点小乱子
趁机混进去，我像一条滑溜的黑鱼在嘈杂的
人浪里穿梭，小脑袋偶尔蹭过一只鼓胀的乳房
会引发漂亮阿姨崭新的快乐，这远远超过
一场电影带来的心跳，当最后一个中了蛊的人
缩成一张两毛钱纸票消失在检票口，我也失去

成长为坏孩子的土壤，那些从窗户里正被

挥霍的三节棍的打杀声，让我对着一根富有

同情心的电线杆卸下一泡欲罢不能的体液

通常黑暗里总有夜风过来安抚我并不完美的

表演，它们在我脸上刮出抬头纹似的波浪

或者波浪似的抬头纹，像放映机缓缓推进的胶片

想念父亲

当大枪在黄河北岸吃大饼卷大葱时父亲在

南方的天堂里想什么？一个连听一声汽笛的

理想都屡屡受挫的男人，迄止昨天已经

整整四十年生活中没有女人，他玩丢了开发

儿子们的武器，以一种更为体面的形象在镜框里

释放善念，他在一点一点找回和年龄相称的品性

每天看老屋对面的笔架山可以做到不喜不怒

并先于他的儿子到达看山是山看水是水的

境界。山坡下的两块田地是他翻晒过的疆土

丛生的杂草被剃成光头才配拥有的青皮

这和他是理发师息息相关，他极为珍爱

这个被赋予特权的职业，再张扬的头

都在五指的感化之中，这让那个小山村旷古

绝今地以一个理发师之死作为 1981 年的纪年

他在十月的夕阳中挥别，咯出的血块大于整个

秋季的火烧云，连灿烂的木槿花也来不及照亮

他的肺部阴影，那时他的儿子还没长成

让土地受孕的力量，妻子美丽且黑发齐膝

他愉快地穿过这片黑，像很多个夜晚他的手

当他做吹鼓手的父亲吹响了起丧的第一声唢呐

卑微已允许忘却，发光的剃刀照亮许多人的头颅

屋檐下的燕子

要讲述它，就必要减去寒冷的冬天。它是老家
屋檐下的一只燕子，它并没有把我视作主人
尽管它的恋爱都在我的眼皮底下发生
那时我逃学，在傍晚吹尖厉的口哨，围堵
好看又对我不屑一顾的女生，母亲请上门的
家长原谅发生在孩子叛逆期的罪过
嘴里不迭声的重复"心眼不坏""不掏鸟窝"
那些可以看作十二岁的我为数不多的善行
我一边嘲讽数星星的孩子好高骛远
一边数燕巢上一小滴一小滴的泥蛋蛋
我那时做梦都在学习飞翔，燕子是离我
最近的老师，我的眼睛跟着它上天入地，看它
啄食虫子，和相爱的燕子在赤裸的电线上亲吻
它并不忌讳我看到这些。我还远远不是一个
成熟的情种。我不止一次想象一只鸟的乳房
老师都是挺起胸脯才美丽。我经常坐在
巢下方不着边际地冥想，并祈祷它

不要被一只在田野上寻衅滋事的弹弓所伤

那将是一个来自动画片的诅咒，所幸它一直葆有

一只燕子的快乐，在一个绿色成为作文标题的季节

青石桥

如果他的母亲也跟随他出走，那个南方的小山村
就再也不会有一根柱状物让他拉开裤子上的
拉锁，那里将不再是一匹流浪马的疆土
除了一条九米长的小石桥被他当成遗产继承
它像一头脊椎动物铺展在奔涌的山溪之上
白云之下，但它并没有多么瞧得上白云，这些
一时在天上一时在水里的流动帐篷，他那时还
小，还是一头小脊椎动物，他把白云当作
白面馒头，这让沙漠一样的腹部有了山水气象
它一点儿也不责怪他，冬天里一双赤脚板
在身上小心翼翼地前行的违和感是它所珍惜的
就像珍惜桥底下艰难觅食的小鱼，并为横亘在
水面上的阴影感到自责。当然，它对每一双
被托举着的鞋都会传送真诚和善意，遗落在桥上的
谷粒也会给麻雀们留下片刻的温暖。出于普遍的
爱戴，这里偶尔也会成为年轻人约架的场所
多数时候是为了同一个在桥底漂洗长发的女孩

只是大都会被"桥上不见桥下见"的理由和解，它的

青石质地的身体迷恋在各样的新奇和喧闹中多年

如今这样的场景很难找回，三十年的沧桑已经让

它成为一个被弃用的名词，像两岸孤寂的空巢老人

做一个厨师的理想

要让妻子成为十指不沾阳春水的女人，要从

清晨的接吻里甄别爱人有别于昨日的口感

要在早上六点到菜市场。看见鱼鳞闪耀

骨头光亮要虔诚，要对这些从前视而不见的事物

充满敬意，要读懂鸭血里饱满的阳光

和菜叶子上露珠的愍人之美。要把厨房里

钝旧的刀口替换掉，让走进菜篮子里的牲畜免受

久经折磨的痛苦，要理解生而为畜的不易

最好选一把带铬的蒙古厨刀，驰骋在大地的诗意

将会从刀光上活泼升起。要学会做一个有仪式感

的厨师，戴上白帽是对神祇的敬畏

起锅烧油前要像检查祭品一样检查食材

佐料和配菜一定要齐整，要让它们

在需要出席时钤上印记，就像在一场

盛大的恋爱中标注体液。要像族群大融合一样

汇聚舌尖上的味蕾，山西陈醋，绍兴黄酒

湖南豆豉，广西白糖，它们的注入充满

古老的地方智慧。要让炉火温暖每一道菜的身体

大火爆，中火煸，小火煎，武火煮，文火熬

要让烟熏火燎成为一块生养诗歌的黑板

要在灶台蒸腾的热气里令一个诗人失踪

并让身旁的人感到他做一个厨师的幸福已经多年

水田和麻雀

水田是一面镜子，水田是大众的情人
你赠它眼瞳，它反赠你蓝天，白云，青的山
燕子从下面振翅飞过，还有麻雀，麻雀很少在
大镜子底下飞，两三亩大的水面，耗神费力
只有春天把它们变回一群情种才会例外
我是一只麻雀，除了叽叽喳喳大多无所事事
没有人当情话来听，农民祭起他们的稻草人
撩弄刘海的少女向镜子中的太阳致敬
太阳比麻雀伟大太多，它的拥抱更加切合时宜
这让麻雀的激情有些多余。水田拥有许多
豆蔻年华的记忆，雨水殉情，阳光乐于
演绎成粮食，糟蹋麻雀的声音不会让它受到惩罚
像唾我一脸的小伙伴不会受到老师的惩罚
那年我6岁，这是发生在1980年代碧环村的事情
我更愿意接受麻雀的招安，我知道水田
会死于冬天，冰面是时间安置给它的体面棺椁
我拖着破靴子在上面嘎嘎行走，两只靴子
像麻雀的两只翅膀，它们在冰面上画出
很多个等号，和水田下皲裂的春天毫无二致

四只白鹭

一只白鹭从我的三月升起，一只白鹭从我的
七月升起，一只白鹭从我的十月升起
一只白鹭从我的十二月升起。三月我可以褪去
褴褛的棉衣，它挂在我弱小的身体上
像一个慈善家一样令人讨厌，七月我可以尝到
第一茬新米，十月的家乡离我最近，我有一周来尝试
做一个热爱故乡的人，十二月有五个人会在同一天
关注我画上一个新年轮。白鹭们在这样的秩序中
依次升起，它们在我卑微的瞳孔中排成温暖的
雪花，在 80 年代碧环村的田埂上排成雪花
我的童年一片花白，像花的白，像白的花
它们经幡一样素净，我唯一的父亲在这样的年季里
走丢了，我只记得他的脸被磨损得像白鹭的羽毛
一样白，四十年事过境迁，我已经无法积蓄
讲述这件事的哀伤，我的青年中年被白吃掉了
这些岁月从我的鬓角得到延伸，它收养了父亲和
四只白鹭，收养了他们的白，我的头颅活得
像一只白鸟巢，我向父亲和白鹭学习把翅膀藏进
鸟巢里，从此，天空终于亲善到和鸟巢一样大小

景庄青苔

地气温厚，天空在终南山下保持古老的平静
青苔如新嫁娘缎子被面下的胴体完好如初
阳光熟练地分开树枝，像芭蕾舞女的薄裙边一样
沙沙振动，避讳撞色的五角枫选择在秋天
点燃鸭掌似的叶子，狂野的自然在荧光屏般的
地面闪烁出和谐之美，事物的向善本能被唤醒
一篇美文由褐色的泥土拆封并公开宣读

我们只活一次，没有理由不追求这样的美

青苔，青苔，如姆妈，姆妈，孩子嘴中的童声
稚气之美，即使言行出格也会受到人神宽恕
蝴蝶张起双帆，有情人的婚仪适合在此
得到见证，蝙蝠和甲壳虫的爱情不值一提
野性的抱石莲、山蕨、七星草充满前所未有的
文明的快乐，并对这低调的奢华难以置信
罪恶和贫穷在这里被遗忘，阴影和阳光一起演奏
不断翻涌的天鹅绒般的绿浪如小母牛
引以荣耀的脊背，把我当成怀春少年带上舞台

想象冬天来了

她从立春日就有这样的念头。她说服三个孩子
原谅飞过的布谷鸟在刚刚晾晒的床单上
留下一小摊污渍，她称这种惩罚是来自天上的爱
她习惯在春天开始晾晒冬天里的被子
她把视线转向身后一座戳向天空的烟囱
像男人的身体一样让她的腹部充实
在禁止公共场所吸烟的小城里，她希望烟囱里
所有的烟都来熏烤她。她不担心自己的
美丽会变苍老，远在 2000 公里之外的工地上
一个男人同样在劣质的香烟中变老
她为这种互相老去感到快乐，并会在夏秋两季
做和春天相同的事情，这当中只有布谷鸟
会变成燕子，燕子变成大雁，当大雁飞走
冬天真的就来了。她是如此迷恋冬天
她的男人会在每年最后一个新旧更替的节日
和她在一起，最好彼时有雪，雪光会放缓
幸福的脚步。他们会走出很远，很晚
在新年的钟声响起时，她会让几经反复
晾晒的被子派上用场。就像他曾经活着时那样

葵花帖

小时候我经常想象用向日葵填充自己的腹部

我把花盘中的果实当成身裹盔甲的兵马俑

想象自己正在逐个征服它们，太阳是它们的王

每天用黄金收买宇宙，我因此对太阳

充满鄙夷，它的黄金并没有公平地

分配到我身上，也因此鄙夷向日葵

我不能有这种丧失立场的小伙伴

一起生长于乡野，就要保持农家子弟的

纯正与朴实，很长一段时间我都觉得

没有必要到田野上去，女孩子邀请也不去

我确定自己不在这些外表伟岸、排列整齐

方向统一的向日葵当中，彼时我的眼睛正热爱着

黑夜的黑，它让我拥有了超越光明的尊严

我比一米八的向日葵矮了五十厘米

就必须以洞察黑夜的视力超过它们五十米

我为此获得世界许多不为人知的秘密

但这并没有让我的感官换来等量的快乐

许多年过去了，向日葵还在田野上生长

太阳还在卖弄它的黄金，而我正和孩子们

一起，拿着画笔消费它们奉献的光影和果实

周日笔记

一大早他就在擦洗煤气灶，擦着把他框进
厨房的阳光，让它翻找出结束于金属字的
生产日期，安全事项，像找一串轻车熟路的
时光钥匙，这应该是他一周里最接近
诗人的修辞，窗外呼啸而过的消防车
把他带到临街的路上，那里一个临时的
联合车展正在举行，司机们按响
诅咒的喇叭，走错路线会让情人对他们的
口袋加倍惩罚。比消防车更有吸引力的
争吵叫停了他的遐想，小区里一口戏腔的
寡妇很快坐稳上风，不让出身低端的小草狗
打她三岁儿子泰迪的主意是她每天最重要的功课
对面阳台胖女人此时正在跑步机上痴迷减重
从她偶尔甩过的一瞥中可能知道他是一个诗人
因此不屑牺牲暴露在诗人眼里燃起火焰
取快递的折返跑终究让他消受不了这份福利
妻子总是把她的青春之火泻在网线的两端

陆续起来的孩子这时已经聚到厨房门口

晃着三颗小太阳齐声喊，早饭吃什么呀，爸爸

在这样的日子，所有事物都闪耀着同样的美[1]

---

[1] 本句引自沃尔科特的诗《忆双城》。

一天

他只在抽一支烟的时候让玻璃窗醒来，那是因为
自己已经被那支烟唤醒，他为窗外催情的
石楠和喇叭的雄起感到羞愧，他怀疑它们会
带坏他的两个女儿，她们从十岁起就忙于
张罗独立，他本以为应该往后推迟六到八年
这令他和她们的对话听起来不够开放，他习惯于
主导这样的剧情，就像习惯于主导面前这间
密不透风的暗房，甚至不允许一只苍蝇飞进来
那可能是它最后一次启动引以为自豪的马达
他自定义为一位现役的排雷专家，在他看来
女儿和房间的每一本书都是密集的雷区
苍蝇的口器会对阅读他们带来风险，这让他
在这个五口之家倍显孤独，在他床头摆放的
一部《恶之花》的诗集，一度震慑他的妻子
像一个圣徒一样感激他的"垂爱"，学生时代
她曾经对诗人顾城耿耿于怀，后来只有铺叠
陪嫁时的印花被面才会进来，孩子们已经很久

没有看到父母脸上升起可疑的潮红，他只在

晚餐时姿态友好，并不是为了吃一口远东

盛产的小米粥，尽管金黄色的味道充满热情

而是借妻子的嗓音完善刚写的诗篇，这是这个

家庭最好的时光，尽管他们连一个句子都听不懂

后记

这是我的第一部新诗集，我把它作为献礼献给三个人。

第一个是我的父亲。父亲在我的年龄还是个位数的时候去世，1981年，他没有享受到分田到户的红利。那年秋天粮食丰收，像春天花朵的繁华早有预示，父亲看到了春华，但没有尝到秋实。他被选为我的诗歌中象征悲剧意味的主角，就像特德·休斯选择乌鸦作为他的诗歌中的主角。父亲的坟是他最后完成的"巨神像"，立在老屋高高的山上。他是寂寞的，如昌耀的诗《斯人》：地球这壁，一人无语独坐。我立志让我的诗歌珍惜这份高贵的孤独。

第二是我的母亲。她有很多兼具内外的傲人品质，保底是一位美丽、坚强、勤劳的女性。父亲久病十四年，他的早逝让失去爱情载体的母亲成为空心人，是对年轻母亲的终极背叛。母亲那时三十多岁，正是一个女人拥有极致韵味的年龄，母亲有着漂亮女人引以为傲的热兵器：皮肤白皙，身材颀长，胸脯充满逼人的母性，两条黑辫子甩起来呈一个生动迷人的"人"字。她似乎会让地球上所有的孩子成为恋母情结的孩子，她像怀有民族大义一样抵抗男人对她觊觎的野心，并独自一人承受把四个孩子养大的负荷。她的品行对孩子们的未来具有救赎的能量，我的诗歌中倾注韧性和博爱的显性因子即来于此。

最后一位是我的妻子。她是我多年"北漂"为数不多的完美战绩，婚前她用漂亮、聪颖和循循善诱的交往细节征服我，婚后她支持我写好每一首诗，我们养育三个孩子，她是称职的母亲和家庭主妇。她画画但几乎不懂诗歌，不过从不拒绝充当我的作品的第一读者——她好像在乎这个身份。她乐意日常帮我投稿，取送邮件，整理凌乱的书房。持续的鼓励让我的平凡逐渐成为天赋，我的每一首诗成为她眼中最动人的诗。很多年，我在属于她的节日写一首小诗送她，其中不乏敷衍之作，而她表现出的热情像一个标准的女"文青"，远比送给她鲜花和首饰夸张。但我不止一次发现，大街上擦肩而过的女人的香水、裙帽和首饰，解锁了她大部分回头率。当回到家里，她会为这种兴趣画上戛然而止的句号。

父亲、母亲、妻子，他们三者让我成为诗人，为我对抗生活和文字的平庸提供严谨、具象、可见的能量，为我笃意皈依诗歌扫清"伦理"上的障碍。对诗歌的投身和信仰甚至让我把每一首诗当成绝笔来书写，当然，我并不会幻想它们能够跻身为图书馆的藏品。它们对我而言是不同且无比艰难的路径，哪怕前进一步都会是身心极限值的追加，但同时我又享受在这样魔幻的路上舞蹈。一路上所遇的无数张人和物的脸会衍生出无数种诗的气息，它们组合、立体地推进我对官能的联觉印象：肉欲与纯洁、美丽与衰败、宽广与偏狭、敌视与善意……我像一个行脚僧一样记录它们，从而催生了这部诗集《路脸》的命名。这是我自主创造的一个词语，它或许会成为被奚落的口舌，但我把它等同于一则偈语的命名。

这样的类比令我毫无征兆地记起一首电报一样的短诗，它的佛门气质或者能够帮助我带出、烘托、比对需要在此占用篇幅的另一层表述：诗集《路脸》所秉持的诗学主张（我认为割裂诗观来谈论一部诗集存在的意义是令人吃惊的）。它是瑞典诗人特朗斯特罗姆的《自 1979 年 3 月》：

厌倦所有带来词的人，词而不是语言

我来到白雪覆盖的岛屿

荒野没有词

空白之页向四方展开！

我碰到雪地里麋鹿的蹄迹

是语言而不是词。

这首诗像一则关于诗歌本体论的偈语，涌现许多形形色色的解读，不过多数集中为"诗歌是语言，而不是词"。我无法否定特氏对"诗歌"概念的摹状或界定，也许他诗中关涉了我所热衷的观点：诗歌的客观属性，诗歌是不依赖于意识而又被意识所反应的客观实在。——我确信诗歌即事物本身，并不以任何人的意愿和控制单方面被动诞生，诗人和语言都不能够成为诗歌的本体。如果需要厘清三者之间的关系，不妨说诗歌像阳光、雨雪、情爱、经验一样降临到诗人身上，诗人通过语言引导了它的出场，诗人通过诗歌打量世界。

在本文的最后，我还需要感谢批评家北京师范大学谭五昌教授和挚友兼兄长胡兵先生，正是因为他们的鼎力相助，才使得这部诗集开始了它的奇妙之旅——从我把这本集子交给出版方，我就交出了它的全部，它将以光子的速度绕过我这个中间宿主，它像我梦中逗留过的世界各地的集中营，我们毫无留恋地说再见，彼此怂恿灵魂去寻找下一个依托。

2023 年 6 月 14 日于无字居